海风文学丛书

高山流水

陈　辉　著

浙江工商大学出版社
ZHEJIANG GONGSHANG UNIVERSITY PRESS

图书在版编目(CIP)数据

高山流水 / 陈辉著. —杭州 ：浙江工商大学出版社，2016.1

(海风文学丛书 / 李东飞主编)

ISBN 978-7-5178-1381-1

Ⅰ. ①高… Ⅱ. ①陈… Ⅲ. ①散文集—中国—当代 Ⅳ. ①I267

中国版本图书馆 CIP 数据核字(2015)第 274776 号

高山流水

陈　辉　著

出 品 人　鲍观明

策划编辑　郑　建

责任编辑　胡亚娟

封面设计　林朦朦

责任印制　包建辉

出版发行　浙江工商大学出版社

(杭州市教工路 198 号　邮政编码 310012)

(E-mail:zjgsupress@163.com)

(网址:http://www.zjgsupress.com)

电话:0571-88904980,88831806(传真)

排　　版　杭州朝曦图文设计有限公司

印　　刷　杭州五象印务有限公司

开　　本　880mm×1230mm　1/32

印　　张　6.5

字　　数　168 千

版 印 次　2016 年 1 月第 1 版　2016 年 1 月第 1 次印刷

书　　号　ISBN 978-7-5178-1381-1

定　　价　21.50 元

海风文学丛书

编 委 会

总　序

1995年的春天，东海之滨的美丽小城温岭，吹来了一股清新的文学之风，一本名叫《海风》的文学杂志自此诞生。

风从东海来，带着春的暖意、海的气息、梦的诗情，在温岭文坛激起了一阵又一阵涟漪，留下了一个又一个故事。不知不觉中，《海风》已坚实地走过了21个年头，成为温岭创办时间最长、容量最大、影响最广的群众文化杂志，成为展示温岭文学创作成果、折射温岭文化建设成就的窗口。

摭彼芳草，显我英华。温岭的文学创作者们会聚在这片集结文学创作力量的精神高地上，一起咏志抒怀，交织出了温岭文学绚烂多姿的多元化天空，澎湃出了如野草般蓬勃的创作激流。从题材而言，他们或叩问历史，或沉醉自然，或寻找生活里被遮蔽的诗意，或解读社会中人生的底蕴……可谓百花齐放，各有风姿。从风格而言，他们或清新飘逸，或典雅庄重，或委婉顿挫，或慷慨旷达……亦是春兰秋菊，各擅胜场。而从整个历史文化的大背景来观照，他们的作品则往往呈现出一种难得的地域镜像和文化印记，自有一股山水灵气荡漾其中。

日月经天，江河行地，《海风》一路吹来，播下了一颗又一颗文学的种子，在温岭大地上生根、发芽、开花、结果，摇曳成一片又一片婀娜多姿的文化风景。21岁对于人生来说，正值朝气蓬勃的青春年华，21岁的《海风》亦是朝气蓬勃，充满活力。愿已过弱冠之年的《海风》随岁月的延伸更加展现风华，更加追求高远，为传播社会正能量、提升市民文化素质、滋养温岭独特的文化生态做出积极的贡献。

是为序。

温岭市委常委、宣传部长

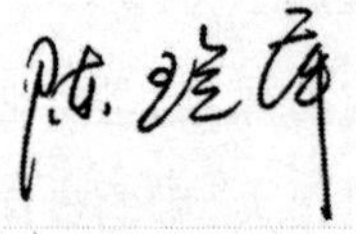

音由心生（代自序）

造物主给了人一副耳朵，当然也不忘发明一种满足听觉需求的艺术——音乐。

古希腊神话中说缪斯女神奏响里拉琴和奥洛斯管，给人类带来了福音，音乐、舞蹈、诗歌由此诞生。而欧洲民间故事又说，莱茵河上美丽的女妖罗雷莱一边梳着美丽的金发，一边唱起那迷人的歌谣，河上过往的船夫听了魂不守舍，航船纷纷触礁沉没，遭到灭顶之灾。音乐，福耶？祸耶？

音乐本身只是一种声音的存在，它无影无形，在时间的流逝中遁走，却有撼魂夺魄的力量，道不言之言，达意外之意，让人欣喜，让人悲伤，让人感慨莫名。音乐这种特殊的艺术形式，比之语言更为博大奥妙，让人捉摸不透。

尼采说："语言尽头，音乐响起。"当语言无从表达时，音乐就登场了。音乐像广袤的宇宙，有无穷解读的可能，没有标准答案。音乐又直指人心，这是人人都能听懂的世界语，只要那扇心灵的窗户不曾关闭。

《礼记·乐记》中说："凡音之起，由人心生也。人心之动，物使之然也。感于物而动，故形于声。"

贝多芬在他的《庄严弥撒》中写道："音乐，它发自内心，并朝着内心而去。"

乐境由人心生，"有"与"无"全在一念之间。人听到音乐，头皮一麻，心中一惊，激起某种反应，至于产生怎样的心理反应，脑海里浮现出什么情景，就因人而异了。难怪马克思说：

“如果你想得到艺术享受，就必须先成为有艺术修养的人。对于不辨音乐的耳朵来说，最美的音乐也毫无意义。”那么，对于懂得欣赏的耳朵来说，聆听音乐便是读乐，便是在音乐中纵览大千世界，阅读无字的书籍。

生活中，一望无际的大海，绵延起伏的山川，一片茂密的树林，一座古老的城堡，一尊生动的雕塑，一草一木，一虫一鸟，风花雪月，人间万象，这些之所以引人凝望遐思，就是因为它们融汇了自然与生命的艺术。乐境宽广无边，包容宇宙万物，任你精骛八极，心游万仞。有人说《流水》《广陵散》《平沙落雁》《潇湘水云》中什么也没有，那是因为内心容不下风物。没有自然的造化、生活的砥砺、历史的积淀、人生的感悟哪来神奇的乐境？而若对所有易逝可感、不可捉摸的事物视为过眼云烟，熟视无睹，充耳不闻，麻木不仁，当然也就不会有“感时花溅泪，恨别鸟惊心”“为我一挥手，如听万壑松”“别有幽愁暗恨生，此时无声胜有声”“昆山玉碎凤凰叫，芙蓉泣露香兰笑”之类的联想与感悟。内心空洞无物，生活就成了一笔流水账，一切美好的东西都弃之如敝屣，何况乐韵乎？

其实，音乐就在每个人的身边，音乐是听得见的风景，空气中的精灵，流淌着的画卷，流动着的建筑。音由心生，当然需要一颗善解乐意的心灵去承接，蒙昧愚蛮的灵魂永远与之失之交臂。

贝多芬聋了，阿炳瞎了，但两耳已聋心耳在，肉眼已盲天眼在。美妙的音乐也就源源不断地从他们的心扉涌出，指间流出。连“性不解音”的陶渊明，也备有一张“无弦琴”，每逢得意雅兴起时便抱怀抚弄一番，并对友人解嘲说：“但识琴中趣，何劳弦上声。”能于无声的琴中领略琴之况味，获得创作的灵感与赏玩的乐趣，正是音乐“自娱说”的最好注脚。

徜徉于茫茫乐海的门外汉只要用心采撷，终究会拾得些许奇珍。音乐有足够的形式承载风物，有足够的内容感动人心。子期在伯牙的琴声中读出了“巍巍乎若泰山，汤汤乎若流水”；白居易在琵琶女的琴声中读出了“同是天涯沦落人，相逢何必曾相识”；托尔斯泰在柴可夫斯基的《如歌的行板》中读出了“俄罗斯人民灵魂深处的苦难”；罗曼·罗兰在贝多芬的《热情奏鸣曲》中读出了“人间的奇迹，花岗岩河床中涌动的火流”……我们为什么不能？

聆听音乐，足不出户便可神游世界了。

本书所辑录的文章，是作者十几年间的读书心得与聆乐感悟，既有对古典典故的解读，也有对名家名曲的品评，还有借音乐抒发对生活的感想。在行文上不拘一格，谈古论今，抒情写意，有感而发，属于随笔性质，姑且称之为“音乐随笔”。这些篇什大多发表于各类报纸、音乐期刊与网络博客，现结集出版，与广大爱乐者分享，也希望读者朋友不吝赐教。

目　录

第一辑　国乐篇

第二辑　西乐篇

第三辑　流行篇

第四辑　杂谈篇

第一辑　国乐篇

高山流水

北宋画家郭熙在其画论《林泉高致》中说："山以水为血脉，以草木为毛发，以烟云为神彩。故山得水而活，得草木而华，得烟云而秀媚。水以山为面，以亭榭为眉目，以渔钓为精神，故水得山而出，得亭榭而明快，得渔钓而旷落，此山水之布置也。"他说的是山水画，我却想到了琴曲《高山流水》。从字面上看，高山与流水搭配，动静相衬，刚柔相济，阴阳相谐，虚实并见，意趣盎然。从意象上看，高山有了流水，便有了气象，有了生机，有了格调，有了韵致，意境顿出。

有人说《高山流水》是中国古典艺术的最高境界。是的，天地有大美而不言，大自然本身就是最好的艺术作品，大自然赋予人类的是充盈于天地之间的山水、风物、空气、花草、生命、灵性和美感。中国文人历来把自然山水作为自己情感的寄托和生命的归宿，《高山流水》就是中国古代"天人合一"的文化精神在音乐中的最好体现。

《列子·汤问》云："伯牙善鼓琴，钟子期善听。伯牙鼓琴，志在登高山，钟子期曰：'善哉！峨峨兮若泰山！'伯牙志在流水，钟子期曰：'善哉！洋洋兮若江河！'伯牙所念，钟子期必得之。"子期既死，伯牙摔琴绝弦，终身不复鼓也。由此引出一段"高山流水遇知音"的千古佳话。

俞伯牙是春秋时期著名的琴家，不仅善于弹琴，还精于作曲。《荀子·劝学篇》中说："昔者瓠巴鼓瑟而流鱼出听，伯牙鼓琴而六马仰秣。"

就是说瓠巴弹瑟时，连水里的鱼都要越出水面倾听；伯牙弹琴时，正在吃草的马也仰首静听。古人对于音乐的描述极其传神并富有想象力。据说伯牙的老师叫成连，伯牙随他学琴三年，技巧上已经无可挑剔，但总是没有达到打动人心的境界。成连就把他带到了蓬莱岛，将伯牙留在岛上，自己则乘船而归。伯牙独处蓬莱仙岛，“近望无人，但闻海洞滑崩澌之声，山林窅寞，群鸟悲号，怆然而叹曰，‘先生将移我情’，乃援琴而歌之”。他将身处的环境，听到的声音，看见的景物，融入自己的琴声之中，果然琴韵与心神合而为一。伯牙因此悟得琴之妙趣，作《水仙操》，遂成天下妙手。

传说伯牙在楚地采风时在汉江边遇到一个身穿蓑衣、头戴斗笠的樵夫，他手里拿着一把斧头，地下放着一捆柴。伯牙此时正琴兴大发，就高兴地请他到船舱中听琴，伯牙先弹了一曲《高山》，乐曲刚完，樵夫就赞叹说，多么巍峨啊，像雄伟的泰山。伯牙随即又弹了一曲《流水》，音乐一停，樵夫又赞美说，多么浩瀚啊，像奔腾的江海。此时的伯牙，睁大惊异的眼睛打量着这个山野樵夫，他刚刚演奏的正是自己创作的《高山流水》呀！得知樵夫名叫钟子期，伯牙一把握住他的手说：“知我者，子期也。”从此，两人结为生死之交。后来钟子期不幸病故，伯牙伤心至极，认为知音已去，从此无人能听懂自己的琴声，于是摔琴绝弹。后来，人们在湖北武汉龟山脚下月湖之滨筑台纪念，名为古琴台。

悠悠千载，沧桑巨变。如今伯牙早已作古，但我们仍有幸聆听到古琴曲《高山》《流水》。成书于 1425 年的《神奇秘谱》载有《高山》《流水》两首琴曲，并解释说《高山》《流水》原本是一首曲子，唐朝时才一分为二。我不知道今天听到的《高山》《流水》是否就是伯牙当年所鼓之《高山流水》。仁者乐山，智者乐水，千百年来文人骚客代代相传，传到我们耳朵里的《高山》《流水》是如此的深邃清澄，它凝结着千年的沧桑，承载着世事的轮回，而气脉依旧，风骨犹存。

一曲自春秋时期流传至今的《流水》，一如幽泉滴翠，淙淙潺潺，恰似空谷回音，邈远幽深，更如东海之水，滔滔不绝。空灵、简约、悠远、淡泊、虚静、含蓄、写意……中国古典音乐的韵味尽在一曲《流水》中显露无遗。寄情于山水，是中国历代文人的美学追求。乐曲通过对高山流水动静相衬的传神描绘：层峦叠嶂的青山、叮叮咚咚的泉水、淙淙潺潺的小溪、滔滔不绝的江水、汹涌澎湃的大海，抒发了古代文人开阔的胸襟、百折不回的精神境界。全曲由四个部分组成，具有中国传统音乐常见的“起承转合”曲体结构特点。“起”通过深沉的旋律和清澈的泛音，表现山涧幽泉滴翠的奇境；“承”以连绵不断、婉转起伏的曲调，表现滴水汇流、淙淙潺潺的意境；“转”运用由疏而密的“滚拂”手法，刻画江河奔腾的形象；“合”则是滔滔江海的余响，令人回味无穷。乐曲由静而动，由缓而疾，由婉转到跌宕，由点滴至浩瀚，在力度、节奏与音调的变化中，达到了人与自然的高度融合。

然而，音乐是抽象的艺术，古琴曲清逸淡远，《高山流水》曲高和寡，古往今来能品出“余音复来，声外之音”者寥寥无几。记得在上大学时，我曾听过一鹤发童颜身着长衫的民间艺人弹奏《流水》，那张古琴破旧不堪，音色呆滞，现场音响效果不佳，老人却不会左顾右盼要噱头、炫弄技巧，只是忘我弹琴，全然不顾现场人声鼎沸，知音几许。我暗自为老人扼腕叹息。其实，缺少知音，伯牙大可不必摔琴绝弹，琴人也没有必要受人差遣在大庭广众之下当摆设似的现场表演。中国传统音乐向来是讲究自娱自乐、怡情养性的，明代琴家杨表正说得好：“如不遇知音，宁对清风明月、苍松怪石、巅猿老鹤而鼓耳，是为自得其乐也。”何苦迎合时尚，趋俗避雅，苦苦寻找所谓的知音呢？人能与自然对话，音乐为什么不能与自然对话、与自己的心灵对话？没有听众，就弹给自己听，弹给清风明月听，弹给苍松怪石听，弹给山猿野鹤听，弹给高山流水听……《高山流水》本意就是人与自然对话，崇尚天人合一，何不让它走向自然，融入自然，回归自然？人生难得一知己，如不遇知己，那就归隐山林，自我修炼。中国传统音乐大多是在自娱自乐、自我修炼中炼成的。

《高山流水》自然也可根据各人不同的意趣炼成不同的版本，既有古琴版，又有古筝版。《高山流水》妙就妙在师法自然而不拘泥于自然，人的灵性，人的感悟，人的情感，人与自然和谐相融的思想全凝聚在琴声里，一百个琴人便有一百种《高山流水》。

尽管古琴曲《高山流水》曲高和寡，知音寥寥，但其隽永的韵味、高雅的格调、深邃的意境、深厚的底蕴、深刻的内涵、悠久的历史，是独一无二的，其艺术价值、人文价值是不可估量的。1977 年，美国“旅行者 1 号”太空飞船将录有包括中国古琴曲《高山流水》在内的地球上不同时代、不同地区、不同民族的 27 首音乐的镀金唱片携入太空，带去了人类对“外星人”的问候。《高山流水》到天外觅知音去了，伯牙在天之灵可曾听见自己当年的绝响？响彻苍穹天宇的有你那一曲永恒的《高山流水》！

梅花三弄

梅花盛开在岁寒之时，凌霜傲雪，冰清玉洁，幽雅芬芳，清丽超逸，傲立天地间，无语亦销魂。清风乍起时，一树仙枝摇曳，满园暗香浮动。如此风韵独胜、冠绝群芳的仙姝奇葩，怎能不让人爱之、慕之、赞之、叹之！古往今来，多少文人墨客为之赋诗作画，奏琴吟曲。

“一朵忽先发，百花皆后香。欲传春信息，不怕雪埋藏。”南宋诗人陈亮的咏梅诗便是梅花高洁品性的真实写照。素有“花魁”之称的梅花，色、香、韵、姿俱佳。梅花精神更为历代文人雅士所钟爱，他们或以其寄情，或以其抒怀，或以其言志，或以其喻美，为世人留下了多少千古佳话。

“众芳摇落独暄妍，占尽风情向小园。疏影横斜水清浅，暗香浮动月黄昏。霜禽欲下先偷眼，粉蝶如知合断魂。幸有微吟可相狎，不须檀板共金尊。”北宋诗人林逋的《山园小梅》不仅把幽静环境中的梅花清影和神韵写绝了，而且还把梅品、人品融汇到一起，其中“疏影”“暗香”两句，更成为咏梅的千古绝唱，引起了许多文人的共鸣。从此以后，咏梅之风日盛，如宋代文坛上的几位大家如欧阳修、苏轼、王安石、陆游、辛弃疾、杨万里、梅尧臣等，都写过许多咏梅诗词。

“驿外断桥边，寂寞开无主。已是黄昏独自愁，更著风和雨。无意苦争春，一任群芳妒。零落成泥碾作尘，只有香如故。”这是南宋爱国诗人陆游的《卜算子·咏梅》，诗人以梅花自喻，借梅花孤高正直的气节，抒发自己孤芳自赏的心情，报国无门的苦闷和炽热的爱国热情。陆游笔下的梅花是人格化了的梅花，象征经受风霜雪雨洗礼的人傲霜凌雪、超尘拔俗的精神气质。

“墙角数枝梅，凌寒独自开，遥知不是雪，为有暗香来。”王安石的《梅》不事雕琢，寓意深刻，更是令人拍案称绝。这里写的梅花，正是作者洁身自好、清高傲世人格的化身。

“君自故乡来，应知故乡事。来日绮窗前，寒梅著花未?”唐朝大诗人王维的四句思乡诗，通过颇具象征意味的寒梅把故土情结具体化、典型化了，这最后一问，问出了精神，问出了境界，问出了诗意，升华了主题，可谓画龙点睛之笔。

梅花入诗风韵独胜，入琴更是超尘拔俗。一千多年前问世的古琴曲《梅花三弄》便是借物咏怀的民族音乐瑰宝。

据《神奇秘谱》载，该曲为东晋桓伊所作，初为笛曲，相传后由唐代琴人颜师古将其改编为古琴曲。《梅花三弄》古时又称《梅花引》《玉妃引》。之所以称作“梅花三弄”，是因为乐曲是以梅花起兴抒怀进行音乐表现的，“三弄”之意，则是因为音乐中有一段相同的曲调在不同段落中反复出现三次。后来又有人将其改编为琴、箫二重奏，近人彭修文又将其改编成编钟与乐队等形式。目前流行的曲谱为循环体结构，即象征梅花的主题出现三次，前有引子，后有尾声，中间加入两段对比性质的插部，即:引子-ABACA-尾声的曲式结构。乐曲以梅花玉骨冰肌、清癯高洁的动人气韵和凌霜斗雪、傲骨凛然的英雄气概来抒发魏晋文人那种清高傲世、超尘脱俗的精神品格和高尚情操。古人云，梅为花之最清，琴为声之最清，以最清之声写最清之物，宜其有凌霜音韵也。若夫三弄之意，则取泛音三段，同弦异徽云尔。审音者在听之，其恍然身游水部之东阁，处士之孤山也哉。今人《古琴曲集》所载的题解亦与此有相似的说法:“传统的诗词绘画中有不少通过梅花的洁白、芬芳和耐寒等特点来赞美具有高尚节操的人。古琴曲也是这样，曲中的泛音曲调，表现了梅花的高洁、安详的形象。”

乐曲一开始便在低音区以散板形式奏出肃穆深沉的引子，展现出一幅霜晨雪夜、草木萧疏，唯有梅花傲骨铮铮、迎寒独立的画面。主题部分先用明亮、轻盈的泛音旋律，表现出梅花的素雅端庄、傲雪怒放的形象；继而转入高音区，曲调高亢流畅，节奏铿锵有力，音乐大起大落、跌宕起伏，表现了梅花迎霜斗雪、坚韧不拔的形象；最后在轻松自如的气氛中稳定地结束，仿佛是在风雪过后，梅花又将清幽的芳香散溢于人间。

《梅花三弄》现已成为中国传统音乐的代表和文人气质的象征。1983 年 4 月，现代作曲家谭盾的第一弦乐四重奏《风·雅·颂》在德国德累斯顿国际韦伯室内乐作曲比赛中获得第二名。作品以我国最早的诗歌总集《诗经》为题材，在现代创作技法中巧妙地糅入《梅花三弄》《幽兰》等著名古琴曲和古老民歌的音调素材，十二音序列融合古典音调写成的旋律，从一个全新的角度表现了中国古典文化的高雅意趣，创意新颖独特，别具一格。作者将《梅花三弄》安排在第二乐章，作为“雅”的主题，其用意十分明显：梅花、古琴是中国传统“雅”文化的符号与象征。梅花情结也是中国文人的人文旨趣，传统文化与现代文化碰撞下的《梅花三弄》更有其独特的意韵。

1998 年 4 月，著名作曲家陈其钢创作的大提琴协奏曲《逝去的时光》在巴黎首演获得成功，该曲由大提琴演奏大师马友友与法国国家交响乐团演奏。《逝去的时光》是传统素材与现代技巧巧妙结合的现代音乐。该曲大胆采用了传统乐曲《梅花三弄》的泛音旋律做主题，并如同灵魂一样作为唯一的主题贯穿全曲；由主题素材的变化到原样主题的出现和两次再变化、再出现，使全曲格调隽永，意味深长，颇具中国文人气质。《逝去的时光》深刻地表达了标题所提示的想象空间。所谓逝去的时光，可以隐喻个人的美好年华，也可以暗示国家和民族的沧桑历史，还可以象征正在离我们远去的某种人文精神，以及表示作者对传统文化的继承，高尚情操的坚守，人与自然的和谐相处，生命终极意义的探求……并对此做出深刻的思考。这正是琴曲《梅花三弄》的精髓所在。陈其钢在他的音乐中寻找的也正是这个。因此，作曲家追忆往事时，在甜美中往往含有几许苦涩和无奈。但正因为如此，音乐才会更加动人。《逝去的时光》结束时，大提琴用泛音为渐渐消失的主题点缀的几个零散的不谐和音，更为我们留下了无尽的惆怅与思索。

广陵散

这是一曲以生命凝练而成的遥远的绝响。逝者俱往矣，我们已无从追寻飘散在历史尘烟中的那声清音，我们也难以断定今人所奏之《广陵散》就是当年一代名士留下的千古遗音。我们只能凭借史书的记载和自己对于音乐的理解，用心灵去感悟那遥远的绝响。

《广陵散》又名《广陵止息》，是一首有着悠久历史和深刻文化内涵的琴曲。近代琴家杨时百所编《琴学丛书》的《琴镜》中认为此曲源于《聂政刺韩王曲》，其历史可以追溯到汉代。东汉蔡邕的《琴操》中谈到与该曲相关的历史故事：聂政是战国时期韩国人，其父是铸剑工匠，因给韩王铸剑，误了期限，被韩王残暴杀害。聂政为替父报仇，漆身吞炭，毁容变声隐入深山，苦学琴艺十余年。当他身怀绝技返韩时，已无人相识。于是，他找机会进宫为韩王弹琴，乘其不备从琴腹内抽出匕首刺死韩王，他自己当然也是壮烈身亡了。在君权神圣的封建时代，这种矛头直指君王、充满杀戮之气的乐曲，是很难存留的。于是，一些文人借口求雅，以《广陵散》为曲名，遮掩了该曲所表现的内容。不过，乐曲内部的“刺韩”“冲冠”“投剑”“长虹”等小标题，还是泄露出作品的真实含义。

由于《广陵散》与魏晋著名文学家、思想家、音乐家嵇康（223—263）的死连在一起，更加重了这首琴曲的传奇色彩。

嵇康早年丧父，家境贫困，但仍励志勤学，文学、玄学、音乐等无不博通。他娶曹操曾孙女长乐亭主为妻，曾任中散大夫，史称“嵇中散”。嵇康很有才华，音乐天赋出众，曾作《长清》《短清》《长侧》《短侧》四首琴曲，这四曲被后人合称“嵇氏四弄”。嵇康著述甚丰，其中不仅有诗词文论，也有阐述自己音乐思想的《琴赋》和《声无哀乐论》。他“博综伎艺，于丝竹特妙”，而尤其擅长《广陵散》一曲。他认为“众器之中，琴德最优”，并主张“琴人合一”，琴伴随了他的一生。他所创作的琴曲《嵇氏四弄》与《蔡氏五弄》并称为《九弄》。嵇康的才艺被众人推崇，后人把他与其另外六位挚友（阮籍、山涛、向秀、刘伶、阮咸、王戎）称为“竹林七贤”。嵇康的思想深受老、庄影响，主张“非汤武而薄周礼，越名教而任自然”，他为人耿直，不媚权贵，愤世嫉俗，桀骜不驯，素为权奸所忌恨，终于在40岁壮年之时被司马昭杀害。

三国时期，魏、蜀、吴三国分割，连年厮杀。在魏国统治者内部，曹氏和司马氏之间的政治斗争也日益尖锐。司马昭曾想拉拢嵇康，但嵇康是个视权贵如粪土的人，怎肯与司马氏集团同流合污。嵇康后来家道清贫，常与向秀在树荫下打铁谋生。贵公子钟会有才善辩，但嵇康瞧不起他的为人。一日，钟会前来拜访，嵇康没理睬他，只是低头干活，钟会待了良久，怏怏欲离，这时嵇康发话了：“何所闻而来？何所见而去？”钟会没好气地答道：“闻所闻而来，见所见而去。”说完就拂袖而去。从此钟会深恨嵇康，常在司马昭面前说他的坏话。嵇康的友人吕安被其兄诬以不孝，嵇康出面为吕安辩护，钟会即劝司马昭乘机找一个扰乱礼教、谋反朝廷的罪名处死嵇康。消息传开，三千名太学生集体请愿，请求赦免嵇康，并要求让嵇康做他们的老师。这些要求并没有得到朝廷同意。

临刑当天，嵇康神色不变、气宇轩昂地走入刑场。他抬头望天，环顾日影，见时日尚早，想到了自己心爱的琴，想起了慷慨激昂的《广陵散》，他要求再弹一次《广陵散》以寄托自己的情思。嵇康从哥哥嵇喜手中接过琴，目送飞鸿，手挥七弦，潇洒地弹出了慷慨之声，为自己壮行，一曲终了，从容就戮。

刘义庆在《世说新语》中，把这一幕放到了《雅量》一节：

嵇中散临刑东市，神气不变，索琴弹之，奏《广陵散》。曲终，曰：'袁孝尼尝请学此散，吾靳固不与，《广陵散》于今绝矣！'……太学生三千人上书，请以为师，不许。文王亦寻悔焉。

一曲《广陵散》，从此丝弦绝。这是中国文化史上最黑暗的一幕，也是最惊心动魄的一幕，让人痛心疾首，扼腕长叹！明代杜浚有诗云：

嵇康人中龙，义不可当世。
视彼盗国贼，伎俩如儿戏。
吐辞荡汤武，千载有生气。
临命索琴弹，聊示不屑意。

一代风流名士用生命解释了音乐，音乐成了他生命的绝唱。然而，真正的艺术是不朽的，千百年来，"广陵"一曲绵延未绝，响彻天下。乐曲所保留的汉、唐音乐之遗响，传统大曲之结构，历代名家之技法，为后人提供了极为丰富的借鉴材料，具有难以估量的艺术价值和历史价值。

今存《广陵散》曲谱，最早见于明代朱权编印的《神奇秘谱》(1425)。全曲共有四十五个乐段，分开指、小序、大序、正声、乱声、后序六个部分。正声以前主要是表现对聂政不幸命运的同情；正声之后则表现对聂政壮烈事迹的歌颂与赞扬。正声是乐曲的主体部分，着重表现了聂政从怨恨到愤慨的感情发展过程，深刻地刻画了他不畏强暴、宁死不屈的复仇意志。全曲始终贯穿着两个主题音调的交织、起伏和发展、变化。一个是见于正声第二段的正声主调，另一个是先出现在大序尾声的乱声主调。正声主调多在乐段开始处，这突出了它的主导地位。乱声主调则多用于乐段的结束，它使各种变化了的曲调归结到一个共同的音调之中，具有标志段落、统一全曲的作用。

《广陵散》的旋律激昂、慷慨，是古琴曲中少有的具有戈矛杀伐战斗气氛的乐曲，直接表达了被压迫者反抗暴君的斗争精神。嵇康在刑场潇洒弹拨《广陵散》，正是体现了这种精神，暗合了他的人生轨迹。生命的逝去有时就如同这音乐，一曲终了，随风飘散，无影无踪，但余韵犹存，精神不死，万古流传。我们从两段传奇故事、两位旷世俊杰身上，掂出了这首琴曲的分量，古琴音乐的分量，中国文化的分量。

《广陵散》在历史上曾沉寂无声，一度成为绝响。新中国成立后，我国著名古琴家管平湖先生根据《神奇秘谱》所载曲调进行了整理、打谱，使这首奇妙绝伦的古琴曲又回到了人间。绝迹了的古调，竟然又在今人的指下复生，也算是嵇康的生命由一种辉煌而宁静的极致进入了艺术的永恒。今人能够演绎此曲，是对他精神的追慕，也是对他人格的激赏！至于今之《广陵散》是否就是嵇康临刑前所奏之《广陵散》，已无复考证了。古琴音乐是历代琴人代代相传而流传下来的，古代没有完善的记谱法，更没有先进的录音设备，魏晋时期随着嵇康的逝去，《广陵散》也成了绝响。正如余秋雨在《遥远的绝响》一文中所说的："这难道真是嵇康在刑场高台上弹的那首曲子吗？相隔的时间那么长，所历的朝代那么多，时而宫廷时而民间，其中还有不少空白的时间段落，居然还能传下来？……《广陵散》到嵇康手上就结束了，就像阮籍和孙登在山谷里的玄妙长啸，都是遥远的绝响，我们追不回来了。"

然而，人们一遍遍地揣度着竹林七贤的潇洒风度，一遍遍地为嵇康折服，为他扼腕，为他感叹。可又有谁品味过嵇康在人生终结时呈示出的精神境界呢？嵇康临刑之前，没有大口喝酒、大块吃肉，也没有捶胸顿足、呼天抢地，更没有面如土色、丧魂落魄，而是在那高高的刑台上，面对成千上万前来为他送行的人，神采飞扬地弹响生命的最后华章。刑场上响起了慷慨激昂的旋律，琴声中哪有半点慌乱。在刽子手落刀之前，嵇康的灵魂已经与《广陵散》的琴声融为一体飞升到另一个世界了。而正是这灵魂的飞升，才使《广陵散》成了绝响。作为一曲绝响，《广陵散》绝在生命随琴声而升华，从而让生命的旋律回响在永恒的天地间。面对死亡，嵇康真真切切演绎出了一段千古绝响和人间佳话。嵇康一下一下重重地弹拨着琴弦，他是用灵魂搏击命运，用生命书写尊严。从他的指间，奔涌而出的是慷慨激昂的檄文，是势不可挡的急流，是万马奔腾的嘶鸣。于是，狰狞的死亡便被这沉静凄厉的琴音击碎，随风飘散于遥远的天际。当最后一个音消逝在天际，"嘭"的一声，琴弦断了。一个智者的生命也随着这一声断裂而终结，而他的精神在这一刻已凝成了永恒……

在生与死的边缘，嵇康以一曲琴音唤醒了一代又一代被蒙蔽的人们，让丰满而生动的人生绽放出五彩的光环，并不断辉映后人。嵇康的生命去了，但他的《广陵散》不绝，风流不绝。

酒　狂

说到魏晋人物，不能不提阮籍。

阮籍(210—263)，“建安七子”中阮瑀的儿子。字嗣宗，陈留尉氏(今属河南)人，“竹林七贤”之一，文学家、音乐家。

史书记载阮籍“容貌瑰杰，志气宏放，傲然独得，任性不羁，而喜怒不形于色。或闭户视书，累月不出；或登临山水，经日忘归。博览群籍，尤好庄老。嗜酒能啸，善弹琴，当其得意，忽忘形骸。”

阮籍嗜酒，但他并不是麻木不仁的“酒徒”。他生逢乱世，魏晋是中国历史上少有的最黑暗、最腐朽、最动荡的时期。曹魏政权日渐衰微，代之而起的司马氏集团，一方面大倡名教，一方面又残酷屠杀那些不愿与他们同流合污的名士。因此，当时许多有思想、有学识的文化名人不得不过着一种表面上放浪形骸，实质上痛苦无奈的双重生活。其实，阮籍的内心是清醒的，唯有清醒才会那么痛苦。据说，阮籍喜欢一个人驾着马车漫游，马车上载着酒，没有方向漫无目的地向前行驶。直到“车迹所穷，辄恸哭而返”。这不正是内心悲哀，却又找不到出路的痛苦发泄吗？一天，他就这样信马由缰地来到了河南荥阳的广武山，这里曾是楚汉相争鏖战的地方。山虽不高，奈何一座古城的断壁残垣却永远萦绕着一段苍凉的悲歌，也凝结着慑人心魄的血色风云。在高压政治下生活多年的阮籍，唯有在踏上这幽山古道的时候，才能稍稍地将眉头舒展，在这古址古城古道古林中，连正对面的一轮夕阳都是古战场的见证，不由得使人直发怀古之胸臆：“时无英雄，使竖子成名。”

在那个纷争迭起、权奸倾轧的动乱时代，像阮籍这样充满着历史和文化情怀的人，目睹世道的黑暗与混浊，却又无可奈何，唯有借酒麻醉自己，逃避现实，遁世隐忍，以免卷入政治斗争的旋涡而不能自拔。魏晋名士大遭杀害，而阮籍却能得终天年，也是酒帮了他的大忙。阮籍不但嗜酒成性，而且蔑视礼教，常对人白眼相向。但他的放浪不羁中充满智慧，这种“装疯卖傻、难得糊涂”的智慧，常常使人奈何不了他。

权贵司马昭知道阮籍是个人才，一直想笼络阮籍，有人就给他出了个主意，与阮籍联姻，司马昭觉得此计甚妙，就派人到阮籍家提亲，要娶他的女儿为媳。阮籍内心很清楚司马昭的为人，他根本就不想结这门亲，但又不能拒绝，因为得罪司马昭很可能招来灾祸。于是，他就拿出了绝招——“醉酒”。他每天都喝得烂醉如泥，不省人事，一连几十天，天天神志不清，那个奉命前来提亲的人根本就没法向他开口，最后，只好回禀司马昭，司马昭无可奈何地说：“唉，算了，这个醉鬼，由他去吧！”

受其父阮瑀影响，阮籍也是一名弹琴高手。其《咏怀》诗曰：“夜中不能寐，起坐弹鸣琴”，表现了他以弹琴来排遣生活中的苦闷与忧伤。相传阮籍创作的《酒狂》，就淋漓尽致地表现了他在司马氏大肆杀戮、排斥异己的黑暗统治下，且恐且忧且怒且避且醉且狂的真实心态。据朱权《神奇秘谱》解题云：“是曲也，阮籍所作也。籍叹道之不行，与时不合，故忘世虑于形骸之外，托兴于酗酒以乐，终身之志。其趣也若是，岂真嗜于酒耶，有道存焉。妙在于其中，故不为俗子道，达者得之。”这段话道出了阮籍《酒狂》的真实底蕴。全曲通过五个段落的循环变奏，使感情不断深化，将主人公对黑暗现实强烈不满而又找不到出路的矛盾心理，借醉酒者的形象表达得非常充分。乐曲手法简练，形象丰满，思想深刻，这也正是文人高度的文化修养在音乐中的反映。《酒狂》称得上是我国古代音乐中的珍品。全曲以三拍子节奏，大跳音程，轻重拍颠倒的韵律，淋漓尽致地刻画了醉意朦胧、步履蹒跚的醉翁形象。阮籍与晋司马氏政见不合，为了免遭杀害，便隐居山林，终日里弹琴吟诗，借酒佯狂，以洁身自保，并示不满，故创作并弹奏此曲以吟情咏性，抒其内心之惆怅。

此曲的传谱最早见于朱权《神奇秘谱》(1425)。后由琴家姚丙炎以《神奇秘谱》为本，并参照《西麓堂琴统》(1549)订谱。乐曲素材精练、结构严谨、先扬后抑的旋律，跌宕起伏的节奏，给人一种摇摇欲坠的感觉。似乎隐藏着一种郁结难以排遣的情绪，给人以放荡不羁的感觉。这些音乐表现，可以引起人们对乐曲所刻画的醉意朦胧和烦乱不安的形象的联想。

此曲基本上是用一个主要曲调，以及在不同高度上稍加变化重复的五个循环变奏构成，变奏的各个段落之间有一个相同的过渡性连接材料。曲调采用三拍子，重音和长音落在弱拍上，加之旋律的连续大跳，造成了一种头重脚轻、站立不稳的感觉，从而形象地塑造了醉汉迷离恍惚、步履踉跄的神态。短小的乐句稍一进行，就出现停顿，表现了主人公在重重压制下，欲进不得、步步受阻的烦闷心情。旋律发展的趋势，显得向上进行非常艰难，好不容易达到高处，随即又继之以下行，生动地表现出作者对自己的理想虽有所向往和追求，但是无情的现实总是令人失望。乐曲尾句的反复，改用羽音开始，使音调具有叹息的性质。它使我们体会到这位纵酒佯狂者的内心深处充满的孤独和苦闷。

乐曲结束前标以“仙人吐酒声”，古琴以“拂”与“长琐”指法，奏出一长串同音反复，模拟汩汩酒声，教人想起李白“会须一饮三百杯……但愿长醉不复醒……与尔同销万古愁”的气概。这首琴曲利用短小形式寓以无限深意，成为古琴曲中难得之佳作。

阳关三叠

余秋雨在他的散文《阳关雪》中说，他是冲着王维的那首《渭城曲》，去寻找阳关的。

可惜如今的阳关已是大漠荒原中的一片废墟了。朔风凛冽的阳关古道，还曾记得王维留下的车辙、屐痕和骊歌吗？湮没在岁月尘烟中的古烽火台，还曾记得昔日的胡笳、羌笛和《阳关曲》吗？幸好古曲《阳关三叠》尚存，我们才有循着历史的遗迹，去品味盛唐余韵的可能。

渭城朝雨浥轻尘，
客舍青青柳色新。
劝君更尽一杯酒，
西出阳关无故人。

这首《送元二使安西》是王维送别友人元二出使安西时写的诗作，如同当时的许多乐府名篇，王维的这首诗也被乐人配上音乐，广为传唱。因诗中有“阳关”“渭城”两地名，故又称为《阳关曲》《渭城曲》，“阳关”也成为送友酬唱的代名词。三叠指的是全曲三段基本上是由一个曲调变化反复三次而构成。《阳关三叠》表达了人们最普遍的离愁别绪，这种一咏三叹、凝重悲凉的音乐，颇能引发世人的情感共鸣。唐代的许多诗人都在诗作中提到过这支歌，白居易“相逢且莫推辞醉，听唱《阳关》第四声”，李商隐“红绽樱桃含白雪，断肠声里唱《阳关》”，刘禹锡

"旧人唯有何戡在，更与殷勤唱《渭城》"等诗句，都写在王维《渭城曲》之后，可见此歌影响之广。

可惜唐代《阳关曲》的原始曲谱没能流传下来，今人奏唱的《阳关三叠》是否就是唐代的音乐就不得而知了。

唐人陈陶有诗云："歌是《伊州》第三遍，唱着右丞（王维）征戍词"，可见《渭城曲》亦用于唐代大曲《伊州》中。《阳关三叠》传至后代，有多种曲谱和唱法，仅宋时就有三种，苏轼曾说他本人就听过两种。到了元代，乐谱无存。明代弘治年间龚稽古所编《浙音释字琴谱》收有《阳关三叠》琴曲谱，为所见最早的谱本，但与唐代乐谱是否有关，无复考证。现今流传下来的琴歌《阳关三叠》（边弹古琴边吟唱），出自清末张鹤所编《琴学入门》。当代作曲家王震亚曾根据近代琴家夏一峰演奏谱改编为合唱曲，并录有唱片。《阳关三叠》除作为歌曲演唱外，亦经常做器乐演奏，其中以琴曲、筝曲、二胡曲及胡登跳改编的丝弦五重奏较有影响。

现存《阳关三叠》琴歌谱共30多种，它们在曲式结构上有些差别，曲调则大同小异。歌词都是系王维的原诗引申发展而来。这表明它们是同根同源，一脉相承的，也许它们正是盛唐之音的余韵。全曲曲调纯朴而富有激情，略带淡淡的愁绪，分别渲染了忧伤、惜别和期待的情感。前半部分王维原诗的曲调，在五声音阶的商调式上，以起、承、转、合四句体结构展开，每句以同音反复作为结束音，给人以千叮咛万嘱咐的印象，强化了离情别意及对远行友人的关怀，与诗的主题十分吻合。后半部分附点节奏和八度大跳的运用使音乐更富于动感，对比愈加强烈，激动的心情溢于言表。三段旋律基本一致，歌词不同，层层延伸王维诗意，将送别情谊表现得淋漓尽致。歌曲在尾声"噫！从今一别，两地相思入梦频，闻雁来宾"的一声叹息中，渐渐消失在回味无穷的诗境之中。

循着悠悠歌声，遥想当年某一个初春时节，残雪渐渐消融，柳枝微绽新绿，塞外春意正浓，清晨的一场春雨把咸阳古城洗涤得干干净净。

在渭水北岸，王维送别元二，携手古驿道，长亭更短亭。大道上平日尘土飞扬，车马交驰，如今却是寂寞清凉，驿站客舍孤对远漠，孤零零的更显萧索凄凉。元二出使安西，走的是丝绸之路上的重要关塞——阳关。阳关位于甘肃敦煌西南，出了阳关便是人迹罕至的茫茫戈壁。迢迢远行，挚友相送，执手相看，无语凝噎，千言万语化作渭城骊歌一曲。于是，千百年来人们争相传唱："劝君更尽一杯酒，西出阳关无故人。"真可谓：古道漫漫，望断阳关，酒三巡，曲三叠，愁肠百结，离别情浓，词已尽，意无穷。所有的深情厚谊化为一句劝酒语：再干了这杯酒吧，出了阳关，可就再也见不到老朋友了。诗人像高明的摄影师，从不同角度摄下了最富表现力的镜头。镜头最后聚焦在离别的场景：酿满别情的酒已经喝过多巡，殷切的告别话语已经重复过多次，离别的脚步无法停止，主客双方的惜别之情在这一瞬间都到达了顶点。主人的这句似乎脱口而出的劝酒辞就是此刻强烈、深挚的惜别之情的集中表现。所谓一切尽在不言中，其实就是一切尽在酒中。

中国古代流传下来的离别曲很多，《阳关三叠》最脍炙人口。词曲声声如诉，悠扬平缓，声调低沉，一咏三叹，凄凄惜别情溢满胸怀。试想阳关一别漫漫荒漠一人独行，他乡再无故人来，一路悲伤独自尝，何等悲凉，何等孤单。古来生离等同死别，渺渺相隔万水千山，红笺尺素无从寄。望断阳关，望不回故人。无穷的眷恋和依依别情都在这缠绵曲折、跌宕起伏的旋律中咏唱出来。一叠曲罢，千言万语汇成一声珍重再见，举杯吧，干了这杯酒，忘掉那天涯孤旅的愁，一醉到天尽头。启程了，潇洒地挥挥手，作别远行的朋友，走上阳关大道，走向茫茫大漠，走上一条布满荆棘的人生路。二叠歌罢，依依顾恋不忍离，泪滴沾巾，两两相对，相顾无言，泪眼蒙眬。想是酒已尽，人微醉，醉眼看尘世，阅尽人间沧桑，叹天涯海角知交零落。三叠声罢，曲终人散，灯灭酒干，意兴也阑珊。大漠深处，离别的脚步已渐行渐远，从此一别，生死两茫茫，何处话凄凉，遥想阳关古道上故人西去几人能还？这样的场景，怎不教人感怀，怎不教人咏叹。

“劝君更尽一杯酒，西出阳关无故人。”这杯酒足足让世人陶醉了千年，这支曲让人唱了又唱，成了离别酬唱的代言曲，从古到今，绵亘不绝。

十面埋伏

唐代诗人白居易在那首著名的《琵琶行》中写下了这样的诗句："银瓶乍破水浆迸，铁骑突出刀枪鸣。曲终收拨当心划，四弦一声如裂帛。"可见那时白居易就曾听到过表现激烈战斗场景的琵琶音乐。那是什么曲子呢？是《十面埋伏》吗？可史料记载《十面埋伏》诞生于明清之际，有人认为它是明末清初著名琵琶演奏家汤应曾所作。

《十面埋伏》乐谱最早见于清代华秋苹编的《琵琶谱》(1818)，清光绪二十一年(1895)，李芳园编订的《南北派十三套大曲琵琶新谱》亦收有此曲，改名为《淮阴平楚》。但这是一首在民间流传的传统乐曲。早在明末，作家王猷定(1598—1662)在《四照堂集》的"汤琵琶传"中就记述了当时琵琶名手汤应曾演奏《楚汉》一曲的情景。文中写道："《楚汉》一曲，当其两军决战时，声动天地，瓦屋若飞坠。徐而察之，有金声、鼓声、剑弩声、人马辟易声，俄而无声。久之，有怨而难明者为楚歌声；凄而壮者为项王悲歌慷慨之声、别姬声；陷大泽，有追骑声；至乌江，有项王自刎声；余骑蹂践争项王声。使闻者始而奋，既而恐，终而落涕之无从也。其感人如此。"这些描写与《十面埋伏》的内容、结构和音乐形象极为相似。可以断定，《楚汉》即《十面埋伏》之前身，这证明它的创作年代是十分悠久的。但生活在唐朝的白居易何以听到诞生于明末清初的《楚汉》一曲呢？可见，《十面埋伏》的曲源还可以往前追溯。因此，又有假托为隋代秦汉子所作一说(中国艺术研究院音乐研究所，《中国音乐词典》)。但这只是一个假想，隋唐时期没有乐谱留存下来，也没有关于此曲的详细史料记载。《十面埋伏》的作者与创作年代已“实无考证”了。不管是何人所作，《十面埋伏》这首传统琵琶曲，其乐曲的壮丽辉煌，其风格的雄伟奇特，其表现力的精彩绝伦在古典音乐中是罕见的。

这首乐曲是根据公元前202年楚汉两方在垓下（今安徽省灵璧县东南）进行决战时，汉军设下十面埋伏的阵法，从而彻底击败楚军，迫使项羽自刎乌江这一历史事实加以集中概括谱写而成的。

垓下决战是我国历史上一次有名的战役。秦朝末年，陈胜吴广揭竿而起，在风起云涌的农民起义的猛烈打击下，秦王朝宣告灭亡。此时，刘邦的汉军和项羽的楚军展开了逐鹿中原、雄霸天下的斗争。到公元前202年，楚汉双方已进行了长达数年的战争，由于西楚霸王项羽骄矜、优柔寡断而一再错失良机，错过了消灭刘邦汉军的机会，而刘邦却从几次全军覆没中死里逃生，又重整旗鼓。到垓下决战时，刘邦以三十万的绝对优势兵力包围了项羽的十万之众。深夜，张良吹箫，兵士唱楚歌，使楚军感到走投无路，迫使项羽率八百骑兵连夜突围外逃，而汉军以五千骑兵追击，最后在乌江边展开一场决斗，项羽因寡不敌众而拔剑自刎，汉军取得了辉煌的胜利。琵琶曲《十面埋伏》出色地运用音乐手段表现了这场古代战争的激烈战况，呈现了一幅生动感人的古战场音画。

琵琶曲《十面埋伏》采用了我国传统的大型套曲结构的形式，带有中国传统戏曲和章回小说的叙事特点。全曲共有十三个小段落，每段冠以概括性很强的标题。这些标题是：一、列营；二、吹打；三、点将；四、排阵；五、走队；六、埋伏；七、鸡鸣山小战；八、九里山大战；九、项王败阵；十、乌江自刎；十一、众军奏凯；十二、诸将争功；十三、得胜回营。按情节发展的顺序，可把十三个段落归为“战前准备”“战斗过程”和“战争结局”三大部分。

第一部分描述汉军大战前的准备，着重表现威武雄壮的汉军阵容。共包括前五个小段。

“列营”实际上是全曲的引子，节奏自由而富于变化，开始就使用

"轮拂"手法先声夺人，渲染了强烈的战争气氛。铿锵有力的节奏犹如扣人心弦的战鼓声，激昂高亢的长音好像震撼山谷的号角声，形象地描绘了战场特有的鼓角音响。此后用种种表现手法表现人声鼎沸、擂鼓三通、军马齐鸣、铁骑奔驰等壮观场面，恰如其分地概括了古代战场的紧张与森严。

"吹打"是全曲中唯一的旋律性较强、抒情气息浓郁的段落。琵琶用轮指奏出的长音，模拟了古代管乐器演奏的行进音调。这段音乐极像古代行军时笙管齐鸣的壮丽场面，刻画了纪律严明的汉军浩浩荡荡、由远而近、阔步前进的形象。这段音乐在乐曲艺术形象的塑造上具有高屋建瓴的气魄。

"点将""排阵""走队"三个段落在实际演奏中是有所变化和取舍的。它们的相同特点是节奏整齐紧凑，音调跳跃富于弹性，表现了刘邦汉军战斗前高昂的士气、操练中队形变换的迅速和士兵步伐矫健的形象。乐曲有条不紊的结构安排，使得情绪的发展步步进逼，为过渡到激战场面做了充分的铺垫。

第二部分包括六、七、八三个小段落，是全曲的中心部分。它形象地描绘了楚汉两军殊死决战的激烈情景。

"埋伏"这段音乐和它描绘的意境都很有特色，它利用一张一弛的节奏音型加以模进发展的旋律，造成了一种紧张、恐怖的气氛。它给人以一种夜幕笼罩下伏兵四起，神出鬼没地逼近楚军的阴森的感觉。

"鸡鸣山小战"中琵琶运用了特有的"煞弦"技巧，形象地表现了双方短兵相接小规模战斗的情景。煞弦发出的声响不是纯乐音，而是一种含有金属声响的效果，犹如刀枪剑戟互相撞击。逐渐加快的速度和旋律的上下行模进，使情绪更为紧张。

"九里山大战"是整个乐曲的最高潮。这段音乐运用了多种琵琶演奏技法，如煞弦、绞弦、长滚、狂拂、推、拉、扫、双摇指等，描绘了千军万马声嘶力竭的呐喊和刀光剑影惊天动地的激战。琵琶对喧嚣激烈战斗音响模拟十分出色，使人仿佛身临其境，具有强烈的感染力。在这生死搏斗的关键时刻，突然出现了阵阵凄凉的“箫声”，这就是楚歌声，是刘邦采用的攻心战术，以涣散楚军的军心，瓦解其斗志。四面楚歌，惊心动魄，项羽感到大势已去，已无心鏖战。

第三部分为全曲的尾声，包括项王败阵、乌江自刎、众军奏凯、诸将争功、得胜回营五个小段落。项羽失败后浩然长叹：“力拔山兮气盖世。时不利兮骓不逝。骓不逝兮可奈何！虞兮虞兮奈若何！”这是一曲英雄末路的挽歌。霸王别姬、乌江自刎……一场轰轰烈烈、浴血悲壮的战事在乐曲的动情渲染下以悲剧告终。英雄的泣血长啸久久回荡在风云变幻的历史天空中。凄切悲壮的音乐气氛与前面的高潮形成鲜明的对照。后三小段描述汉军以胜利者的姿态出现的种种情景。但目前演奏一般都做删减，有的省略整个第三部分，有的删去“众军奏凯”后三小段，目的是使乐曲凝练集中，避免冗长。

《十面埋伏》是我国传统器乐作品中大型琵琶武曲的代表作。传统的琵琶曲分文曲和武曲。文曲善于写意和抒情，其音乐曲调优美，节奏徐缓，注重左手吟、揉、推、拉等技法，如《夕阳箫鼓》《汉宫秋月》《阳春白雪》《塞上曲》等。而武曲则长于写实和叙事，其音乐情绪激烈雄壮，节奏复杂多变，常用右手的扫、拂、轮、滚等手法营造出某种戏剧性的冲突，如《十面埋伏》《霸王卸甲》《海青拿天鹅》等。

《十面埋伏》可以说是把古代琵琶表演艺术发挥到了登峰造极的地步，创造了以单个乐器的独奏形式表现波澜壮阔的史诗场面的成功范例。而现代，这往往需要具有丰富配器效果的大乐队交响曲体裁方能完成。直到今天，《十面埋伏》依然是琵琶艺术领域最具代表性的传统名作。琵琶演奏大师刘德海先生在美国演奏《十面埋伏》后，外国听众惊叹不已：小小的一把琵琶可与交响乐队媲美，简直不可思议。

渔舟唱晚

在《渔舟唱晚》的悠扬乐声中，我仿佛看到一幅风光旖旎的山水画卷在缓缓地舒展开来，一股清新的水乡气息扑面而来。纤指轻轻一刮，一串清丽婉转的旋律仿佛从遥远的地方传来，泉水般的漫过光滑的岩石，又似轻柔的凉风带着沁人心扉的芳香，在水面上缭绕不绝，弥漫在渔舟的点点星火里。鸥鹭翩跹的影子，在神奇的手指那轻揉慢捻间浮现，蘸着微波的双翅滴落透明的水珠，扇着落霞的身姿驮起归巢的渴望，翩然降临于一叶扁舟。一双弹琴的手扯来天水一色的布景，游荡的风穿梭过芦荻水鸟，追逐过蓝天白云。纤指到处，夕阳映照万顷碧波，悠长的渔歌在青山绿水间回荡。“欸乃一声山水绿”，渔翁的橹桨声和船歌声扬起时，山似乎有了灵气，显得更为葱绿，水似乎有了精神，显得更为碧蓝。袅娜而出的音韵，让人穿越在“一道残阳铺水中，半江瑟瑟半江红”的诗情画意之中，让人陶醉于“回看天际下中流，岩上无心云相逐”的梦幻般的意境之中。此刻，你感觉自己也成了一个逍遥自在的渔翁……

《渔舟唱晚》是一首优秀的传统筝曲。标题和意境取自唐代诗人王勃《滕王阁序》中的名句：“落霞与孤鹜齐飞，秋水共长天一色。渔舟唱晚，响穷彭蠡之滨；雁阵惊寒，声断衡阳之浦。”关于乐曲的来历，有多种说法，有说是20世纪30年代中期古筝家娄树华根据古曲《归去来》的素材改编而成的；还有说是山东古筝家金灼南早年将山东的民间传统乐曲《双板》及其变体《流水激石》《三环套日》加以改编的。娄树华以古曲为蓝本，又予以扩展，增写了乐曲的后半部分而成。这并不奇怪，民间音乐经过历代演奏家各自不同的演绎诠释，难免有不同的素材取舍和加工改编版本。

乐曲描绘了水乡晚霞中的湖光山色，夕阳西下，烟波浩渺，青山隐隐，绿水迢迢，片片白帆随波逐流，渔人载歌而归的动人画面。全曲三段由慢渐快，层层推进，恰似归航的渔翁心潮逐浪高涨，一种满载而归的喜悦溢满心怀。

第一段，以优美典雅、悠扬如歌的旋律，舒缓的节奏，配合左手的吟、揉、按、滑、颤等装饰性技巧产生的独特韵味，以及右手五声音阶式的递升递降回旋往返所产生波浪般的音响效果，描绘出一幅夕阳西下、碧波荡漾、渔歌声声的水乡晚景，抒发了渔夫悠然自得的情趣与作者内心对美好景色的赞叹。古筝的旋律袅娜多姿，柔美曼妙，极易勾起人对江南水乡的联想。

第二段，是乐曲的转段，音乐速度加快，旋律有了新的发展。以揉按技法奏出清角音 fa 使旋律短暂离调，转入下属调性，形成对比和变化，形象地表现了渔舟荡漾、乘风破浪前进的欢乐情绪。舟楫动，水波响，渔歌在弦间指尖回旋。摇桨的渔夫归家心切，仿佛已经看到一盏风灯在港湾处闪烁，把熟悉的小楼照亮，窗口有温柔的剪影在挑灯等候。

第三段，快板，在旋律的进行中，运用了一连串的音型模进和变奏手法。随着音乐的发展，速度不断加快，展现出渔舟近岸、渔歌飞扬的热烈情景。在高潮突然切住后，尾声缓缓流出，运用下行音型模进的手法逐渐引向终止，其音调是第二段一个乐句的紧缩，这首徵调式的乐曲，最后结束在宫音上，出人意料又耐人寻味。仿佛夜色笼罩了江面，天地复归宁静，渔歌随一片涟漪荡漾开去，久久地回荡在天际……

月亮渐渐升起，水面闪烁着流光，沉静悠远，浩渺的水面荡漾着柔波和清辉，像千万双眼睛在水天间闪烁，大地更加寂静了，似乎时空凝固。伴随着袅袅炊烟的升起，万家灯火闪烁，间或一声鸥鹭的欢叫打破了夜的宁静，唤醒了万物生灵。遥远的景物渐渐模糊，风是轻轻的、柔柔的，月是朦胧的、迷离的，带着青山在水中的倒影，带着一宵幽梦的甜蜜，渐渐地融入宁静的夜色中。

《渔舟唱晚》由于旋律优美，情绪乐观，意境悠远，格调高雅，韵味隽永，因此，被许多乐坛名家改编成各种不同形式的独奏、重奏、合奏曲，受到了国内外听众的赞赏。西方人还称这首乐曲是“富有东方风味的世界名曲”，并把它改编成了小提琴与竖琴的重奏曲。电子合成器版的《渔舟唱晚》还成了中央电视台天气预报的背景音乐，拥有最广泛的听众。但是，欣赏原汁原味的《渔舟唱晚》，非听古筝曲不可。

百鸟朝凤

春天到了，万物复苏，郁郁葱葱的山林成了鸟的天堂。鸟儿们纷纷从远处飞来，朝拜那美丽高贵的吉祥鸟——凤凰。传说中，凤凰是百鸟之王。在凤凰生日的那一天，鸟类要从四面八方赶来聚会，送上美好的祝愿，欢度自己的节日。你听那喜鹊“叽叽喳喳”叫个不停，仿佛对着凤凰朗诵着它那讨人喜欢的生日贺词；布谷鸟“咕咕咕咕”一路欢歌，带来了春的喜讯；百灵鸟、黄鹂鸟则用它们美妙的歌喉献上一首首动人的歌；小杜鹃、画眉鸟也表演了它们各自的精彩节目；山雀和燕子“叽叽喳喳”在说着对口相声；连树上的知了也不甘寂寞，发出一声声刺耳的尖叫来凑热闹……鸟王凤凰高兴极了，它向着百鸟展开金色的翅膀，抖动绚丽的羽毛，振翅飞向蔚蓝的天空，灿烂的朝霞映照着凤凰美丽的身姿。顿时，百鸟和鸣，百花争艳，寂静的山林充满了勃勃生机……

这一幅绘声绘色的百鸟盛会图不是用画笔以线条、色彩绘就的，而是民间音乐家用唢呐吹奏出来的。唢呐怎么能吹出百鸟盛会图呢？听和看何以联通呢？这就是视听通感在起作用，人们在听到某种声音时眼前会浮现出一定的形象。当然，境由心生，每个人脑海中的“百鸟朝凤图”是不同的。

《百鸟朝凤》原是流行于山东、安徽、河南、河北等地的民间乐曲。其主题音调是从“山东鼓吹”衍变而来的，乐曲采用循环体结构发展而成，其间穿插各种鸟鸣声，既是模仿，又是炫技，将那热烈欢快，乐观向上的情绪表现得淋漓尽致，也反映了人们对大自然的热爱，对自由、美好生活的向往与追求。全曲共分八段，按各段不同的意境，分别加了概括性的小标题：1.山雀啼晓；2.春回大地；3.莺歌燕舞；4.林间嬉戏；5.百鸟朝凤；6.欢乐歌舞；7.凤凰展翅；8.并翅凌空。

乐曲开始是一段散板。在唢呐奏出清新、悠扬的乐句之后，随即模仿鸟叫声，由伴奏乐器笙与之对答呼应，展现出山雀啼晓的意境。仿佛一下子就把我们带进百鸟啁啾、生机盎然的山林之中。紧接着，出现了一段粗犷淳朴、热情开朗的旋律。这个旋律就是“山东鼓吹”的主题，它是人们耳熟能详的北方民歌的音调，我们在电影《红高粱》的“颠花轿”一幕中，就曾领略过这段吹吹打打、诙谐有趣的音乐。在这里，原来粗犷豪放的唢呐声变得轻快灵巧。《百鸟朝凤》中充满活力的曲调带有浓郁的山东、河南一带的地方色彩，描绘了大地春光明媚，万物复苏，鸟语花香的美好景色和令人陶醉的愉快气氛。

接着，唢呐以各种技巧自由地模仿百鸟的欢唱，笙的伴奏声部则以舒展的节奏和优美如歌的旋律做陪衬，两者应和着，对答着，交织成一幅莺歌燕舞的动人画面。在百鸟的鸣叫中，我们首先听到的是布谷鸟的叫声，它用歌声召唤着人们去耕种、春播。然后，杜鹃、斑鸠、黄鹂、喜鹊、燕子、画眉、啄木鸟、猫头鹰、麻雀……依次登场，如同鸟类的赛歌会，向着凤凰尽情展示它们各自不同的歌喉。唢呐以顿音、吐音、滑音、颤音、花舌等技巧尽情发挥，绘声绘色地模仿出群鸟欢鸣，百鸟朝凤的景象。最后，唢呐以快速的双吐音奏出热烈欢腾的华彩段，整个乐曲达到了高潮，仿佛是鸟王凤凰兴奋地振翅高飞，直冲云霄，而群鸟则翩翩起舞，共同庆祝它们的节日。双吐音后，唢呐运用循环呼吸的长音奏法，吹出一声连绵不断的知了长鸣，使乐曲在热烈欢腾的气氛中戛然而止，令人回味无穷。

原在民间流传的《百鸟朝凤》，乐曲结构松散，没有高潮，即兴发挥时，公鸡啼鸣，母鸡下蛋，甚至连小孩嬉笑声、哭闹声等都可随意加入，可谓典型的民间“花吹”。《百鸟朝凤》自搬上舞台以来，经过了多次改编，才逐渐得以完善。1953 年春，唢呐之乡——山东省菏泽地区派代表队作为唢呐独奏参加第一届全国音乐舞蹈会演演出时，受到热烈欢迎。演出录音后被灌制成唱片，流行全国。此曲在第四届世界青年联欢节上荣获民间音乐比赛银质奖。唢呐演奏家任同祥在专业音乐工作者协助下，针对原曲缺陷，压缩鸟叫声，删去鸡叫声，并设计了一个华彩乐句，扩充了快板尾段，使全曲更为集中紧凑。20 世纪 70 年代，又添加了一个百鸟齐鸣的引子，加强了音乐性，并扩充了华彩乐句，使用快速双吐演奏技巧，使乐曲更臻完美。按理说知了属于昆虫而非鸟类，为什么保留知了之声呢？这是因为以循环换气的长音奏法对知了叫声的模拟是全曲的高潮，也是唢呐炫技之亮点。再者对蝉之赞美古已有之，唐代诗人李商隐、刘禹锡、骆宾王皆有咏蝉名篇传世，唐代另一位诗人卢仝在《新蝉》一诗中咏道："泉溜潜幽咽，琴鸣乍往还。长风剪不断，还在树枝间。"蝉生于泥土而洁净无污，蜕变于朝阳，啜晨露，鸣高枝，不争不贪，安和恬淡，是为人处世所追求的境界。一曲《百鸟朝凤》勾起人们对大自然的无限向往，也告诫人们万物皆有灵，唯有与自然和谐相处，才有百鸟和鸣、欢乐祥和的美好景象。

以音乐拟禽鸟之声态，绘自然之生态，抒生活之情态，历来是音乐家们所追求的。关于这方面的乐曲我们还可以举出很多，如笛子曲《荫中鸟》《鹧鸪飞》《百鸟引》，二胡曲《空山鸟语》，笙曲《凤凰展翅》《孔雀开屏》，广东音乐《鸟投林》等。民歌中则有《对鸟》《斑鸠调》《杜鹃鸟》《百灵鸟》等。但以一支唢呐采用各种高难度的演奏技巧模拟各种不同的鸟鸣，惟妙惟肖，让人身临其境，的确令人叹为观止。《百鸟朝凤》现已成为不可多得的唢呐经典名曲。

笔者以为，以音乐模拟鸟类的叫声，如果一味地炫技模仿，再惟妙惟肖也是流于形式、没有情感的现实白描，没有多少艺术价值。艺术的生命在于以情动人，唯有注入人的思想感情，表现人的生活情趣，才能动人心魄。因此，源于生活而高于生活，情景交融，神情兼备，不以刻意模仿自然声态为目的的音乐作品才是上品。欣赏《百鸟朝凤》,并不应以听出多少种鸟类的叫声来衡量欣赏水平的高低,而应在乐曲中感受到大自然的美好,生命的美好,生活的美好,音乐的美好。

春江花月夜

夕阳西下，夜幕降临，江楼钟鼓声声。手指在琵琶的四弦间轻轻一拨，将人引入烟波浩渺的春江夜色之中。古筝袅娜而出，微风荡漾，激起层层涟漪。纤纤玉指，轻抚紫竹，悠扬的箫声，撩起一色水天的帷幕。月上东山，花影层叠，江畔柳丝在夜风的吹拂下婆娑起舞，花草在微风的抚摸下含笑点头，木桨搅碎了江中渔船明月映照下的倒影，水波托着那荡漾的轻舟随风摇曳……

听《春江花月夜》，很容易使人联想到张若虚的同名诗作，使人联想到元代画家黄公望的《富春山居图》。中国的山水诗、山水画、山水音乐趣味相投，意境想通，格调相谐，写意传神，各臻其妙。

丝竹管弦的《春江花月夜》与张若虚的诗作《春江花月夜》，堪称双璧，虽车出双辙，但殊途同归，古曲古诗相得益彰，交相辉映。两者虽没有渊源关系，但蕴含在艺术作品中的高远意境和优雅情趣却不谋而合。在欣赏古曲的时候吟一吟张若虚的诗，犹如锦上添花，令人浮想联翩，此时此刻，赏乐者便会觉得分外的满足。

张若虚的诗紧扣春、江、花、月、夜五字，以江月起笔，江连海，海生月，月照春江，花影绰约，夜色朦胧，这样一幅连环的美景呈现于浩淼烟波之间，呈现于读者的眼前，足见诗人胸襟之大，眼界之广，有一种仰观宇宙的气魄。以江月落笔，在仰观孤月、俯察江海的诗化了的巨大时空中使宇宙意识和人间真爱上升到美好的境界，在感悟人生有限和追寻人生归宿无限的心灵叩问中冥思永恒的千古之谜。春、江、花、月、夜五种意象，对于中华民族具有十分丰富的审美内涵。诗一开始便立意高远，气势雄浑。从春江到海潮，从江树到花林，从月升到月落，从现实到梦境，张若虚给世人描绘出一副似幻似真的图景，苍茫深阔，静谧优美。

“孤篇横绝，竟为大家”的评价委实不为过誉。读那诗句如春风摇曳，节奏舒展悦耳，意境深远空灵，想象超凡脱俗，令人思接千载，心游万仞。闻一多先生称赞该诗：“那是更迥绝的宇宙意识！一个更深沉，更寥廓，更宁静的境界！在神奇的永恒前面，作者只有错愕；没有憧憬，没有悲伤……这里一番神秘而又亲切的，如梦境的晤谈，有的是强烈的宇宙意识，被宇宙意识升华过的纯洁的爱情，又由爱情辐射出来的同情心，这是诗中的诗，顶峰上的顶峰。”（闻一多，《宫体诗的自赎》）

黄公望的《富春山居图》，以浙江富春江为背景，全图用墨淡雅，山水的布置疏密得当，虚实并见，浓淡相宜，富于变化，使得一派江南秋初景色呈现于人们眼前：群山蜿蜒，丘陵起伏，峰回路转，江流沃土，沙町平畴；云烟缭绕村舍，水波映衬渔舟；树木葱茏，疏密有致，溪山深远，飞泉倒挂；亭台小桥，各得其所，人物飞禽，生动适度。正是“景随人迁，人随景移”，才可达到步步可观的艺术效果。观赏者流连于画中美景，便是人在画中行之感。读诗、观画、赏乐三者如果联系起来，接着就要说《春江花月夜》了。

民族管弦乐《春江花月夜》原先是一首琵琶曲，原名为《夕阳箫鼓》，据说早在宋代已开始流行。但现存乐谱最早见于清代琵琶名家鞠士林(1736—1820)的手抄本。平湖派琵琶演奏家李芳园所编的《南北派十三套大曲琵琶新谱》中，将此曲改名为《浔阳夜月》（亦称《浔阳琵琶》或《浔阳曲》），这个标题很容易使人想起白居易《琵琶行》中的诗句“浔阳江头夜送客，枫叶荻花秋瑟瑟”。1925 年前后，上海大同乐会的创办人郑觐文与柳尧章，依据琵琶独奏谱《浔阳夜月》，将其改编成多种民族乐器（琵琶、箫、二胡、古筝、扬琴等）的合奏曲，并依据唐代诗人张若虚的诗作《春江花月夜》的意境改为现名。

民族管弦乐《春江花月夜》以罗忠镕、秦鹏章编配的总谱最为出色，他们使中国传统音乐曲式结构中"以特性音调作为段落起收标记"的特点在配器上得以充分体现出来。即各段均以鼓声（以琵琶模拟）起、箫声收，首尾呼应，每种乐器都发挥自身的特点，有分有合，巧妙穿插，富有江南丝竹神韵。

乐曲通过委婉典雅的旋律，流畅多变的节奏，巧妙细腻的配器，丝丝入扣的演奏，形象地描绘了月夜春江的迷人景色，尽情赞颂江南水乡的秀丽风光。全曲风格婉约妩媚，清秀细腻，各种乐器搭配得体，进退有序，互相搀扶牵引，前后照应，层层铺展，浑然一体。在旋律发展上，采用民间常见的"鱼咬尾"手法，犹如乐句接龙，承前启后，自然流畅。在结构上，运用民间乐曲常用的"换头合尾"变奏手法，也就是在每一乐段的前半部分进行变奏或引进新的音乐素材（即"换头"），而在乐段的尾部则始终以相同的乐句结束（即"合尾"），从而使乐曲句与句之间，段与段之间，既有变化，又十分统一。气韵生动优雅，刻画细致入微，蕴意含蓄幽深，有如浓淡相宜的连轴山水画卷，十幅画卷一卷卷次第展开，风光无限，美不胜收。

典雅蕴藉的乐韵，流泻出山水与生命交汇的脉流。音韵乐流比之诗词歌赋更为博大浩渺，有无穷解读的可能。正所谓"不知江月待何人，但见长江送流水"。滔滔不绝，绵绵无期的流水，千年的风花雪月，山水神韵，人间万象，不经意间一一抖落在丝竹管弦的乐奏中。境由心生，乐韵易逝，善解乐意的心灵，可曾听到张若虚的悠悠吟唱："春江潮水连海平，海上明月共潮生。滟滟随波千万里，何处春江无月明……"《春江花月夜》中的每段音乐，似乎都可以从张若虚的同名诗作中找到对应的诗意，张若虚的诗作也可以在音乐中得到传神的诠释。

江楼钟鼓，月上东山，风回曲水，花影层叠，水深云际，渔歌唱晚，回澜拍岸，桡鸣远濑，欸乃归舟，尾声……十段音乐有分有合，紧相衔接，层层推进，环环相扣，高潮迭起，诗情画意的音乐语言表现了一种幽静深远的意境，如涓涓流水般展现在人们面前，给人以美的享受。

《春江花月夜》，在诗、乐、画的交错中，我品味到别样的风情。《春江花月夜》堪称山水音画之极品。

二泉映月

看不见光明的盲人，却创造了世间如此美妙的音乐。上帝是公平的，当他关闭了一扇通往理想的大门时，总会为你打开另一扇窗。当一个人双目失明再也无法洞察世界时，上帝就让他用灵敏的耳朵聆听世界，用灵巧的手指抚摸世界，用善感的心灵感知世界。这个人就是阿炳，他似乎生来就是一个饱受苦难却要给人间带来美妙音乐的使者。

如泣如诉的旋律在琴弦上流淌，我被音乐唤来，慢慢品读音乐背后的传奇。

阿炳身世悲凉，命运坎坷：作为一个道士的私生子，四岁丧母，从小随父亲在道观里学习道教音乐和各种乐器演奏；二十岁时，父亲去世；二十一岁时患了眼疾；三十五岁双目失明无依无靠，只得流落街头，开始了流浪卖艺的生涯。阿炳生不逢时，出身卑微，一生穷困潦倒，饱尝了人间疾苦，但靠着勤奋与天赋，才情与悟性，磨难与历练，成为精通多种民族器乐的杰出民间音乐家。

1950 年秋天，中央音乐学院民族音乐研究所所长杨荫浏先生带着钢丝式录音机在无锡采访了阿炳，57 岁的阿炳已经病入膏肓，两年多没有触碰乐器了。拿到有些生疏的二胡、琵琶之后，阿炳仅仅练习了三天就全身心投入录音。《二泉映月》《听松》《寒春风曲》《大浪淘沙》等二胡曲和琵琶曲就这样被杨荫浏先生发现并抢救、保存了下来。第二年，当杨荫浏先生准备聘请阿炳去中央音乐学院任教时，阿炳却已经不在人世了。

《二泉映月》本无名，阿炳自称“依心曲”“自来腔”。因阿炳常在世称“天下第二泉”的无锡惠山泉边亭上拉琴，采录此曲的音乐学家杨荫浏先生便以“二泉映月”为该曲冠名。旨在将人引入夜深人静、幽泉冷月的意境之中。但听毕全曲，犹如见到一个刚直倔强的盲艺人在向人们倾吐他坎坷的一生。

短小的下行引子，犹如一声叹息。尔后娓娓流淌出凄楚而深沉的主题，主题由三个乐句组成，以八度大跳的“鱼咬尾”旋律连接方式发展而成。全曲将主题变奏五次，随着音乐的陈述、引申、展开，主题所表达的情感得到更加充分的抒发，仿佛在我们面前展示着一幕幕不堪回首的痛苦往事。它将阿炳由沉思到忧伤，到悲吟，到怒号，到昂首问天，直至最后的憧憬向往，复归平静，这一系列复杂的内心情感，通过跌宕起伏的旋律酣畅淋漓地表达了出来，使主题一层层得到深化。全曲虽然速度变化不大，但其力度变化幅度大，每逢演奏长于四分音符的乐音时，阿炳用弓轻重有变，忽强忽弱，音乐时起时伏，扣人心弦。

《二泉映月》自一个经历了凄风苦雨，饱尝了颠沛流离生活的盲艺人心底流出，全无遮拦，全无矫情，全无伪饰。阿炳生前绝不会料到他的音乐会成为经典，他背琴卖艺，游走于大街小巷、茫茫人海之中，踯躅于惨淡的月色、冷漠的夜空之下，抚琴低吟，将心灵托付于弓弦指端，将生活的艰辛，命运的不济，释然在他的“自来腔”“依心曲”中。《二泉映月》与风月、泉水无关，它丝毫也不矫揉造作、附庸风雅；《二泉映月》与痛哭、哀号不同，它丝毫也没有博人同情、乞求安抚的意思。那是以生命凝成的一曲绝唱，是饱经风霜的过来人对人生的禅悟。淡泊，从容，不卑不亢，傲骨铮铮，才是《二泉映月》的真正内涵，也是阿炳性情的自然流露。乱世之音，却是那么清澈纯净，内敛含蓄，委婉深沉，把多少大喜大悲、大爱大恨、大智慧、大境界深藏在弓弦之间，不露声色地娓娓拉来，向世人奉上美的甘霖。

听《二泉映月》，你仿佛看到：在一个冬日的傍晚，寒风裹着大雪无情地扑打着街巷。幽深、昏暗的石板老街空寂无人。只见一个蓬头垢面的老媪用一根小竹竿牵着一个瞎子，在街巷的深处蹒跚而行。瞎子用右胁夹着小竹竿，背上背着一把琵琶，二胡支在瘦弱而弯曲的腰间，咿咿呜呜地拉着，在越来越大的飞雪中，发出凄厉欲绝的呜咽之音……听到这样的琴声，你能不怦然心动吗？

胡琴的旋律就是阿炳人生行走的起伏线路，那跌宕起伏的曲调隐藏着阿炳对自己凄苦生活的回忆，那一次次激越的变奏似滔滔不绝地诉说着人世间的坎坷不平。也许你认为流落街头的阿炳不大体面，甚至肮脏不堪，但他的音乐却非常干净，明镜似的照出人间善恶美丑，你能拒绝这样的音乐吗？那二弦间流出清泉般的音乐，泻进一个个心湖，漾起一圈又一圈的涟漪。所有的风景都被琴声演绎成凄美的诗，一行又一行。

难怪世界著名指挥家小泽征尔，在北京第一次听到《二泉映月》时泪流满面，他以东方人特有的虔诚态度说："真是断肠之曲，这种音乐只能够跪下去听！"说着便从椅子上顺势跪下去。

《二泉映月》的揉弦，是苍劲有力的压揉，是阿炳在揉着深入骨髓的肉体和心灵的创伤。这幽泉冷月中苍凉的一声叹息，是淤积在心灵深处的郁闷和血泪的倾诉。淙淙天下第二泉，皎皎明月，一缕琴魂袅袅不绝。阿炳拉给谁听？他看不见听众在哪里，他不在乎有没有听众，他拉给泉水听，拉给月光听，拉给天地听，拉给自己听，这琴声原是人与自然的对话，与自己心灵的对话。是的，当音乐没有任何功利，只剩下纯粹的心灵表白时，这音乐才接近于天籁。

阿炳把自己的生命锤炼成了青山绿水间的一潭深水。汩汩的清泉源自大地的深处，它滋养着万物生灵，而阿炳的音乐一如那汩汩的清泉滋润着人们的心田。音乐层层推进，悲凉而不失昂扬。月色深沉的深潭，冷涛汹涌、寒风呼啸的嘶鸣，大地呜咽，凄厉低回的回声，弓与弦的摩擦，血和泪的交响，抒发着阿炳的人生感悟与发自心底的呐喊：月光虽明，世道却暗；泉水虽甜，人世却苦；水面虽平，人间不平。

《二泉映月》诉尽了世态炎凉和人情冷暖，多少个日日夜夜，圆月变成清瘦的冷月，如镰如钩，残照寂寥深阔的太湖，残照惠山清幽的二泉，残照阿炳憔悴的容颜。在无锡的大街小巷，一贫如洗的阿炳蹒跚而行，一路走着，一路拉着，在那个动荡的岁月，谁都无视他的存在。可以料想，如果没有黎松寿、储师竹、曹安和、杨荫浏等人的发现，《二泉映月》很可能会随着阿炳的离世而消失得无影无踪，人间便少了一曲美妙音乐。如今，人们一谈起二胡总是少不了《二泉映月》，一听到《二泉映月》总会想到阿炳。人们可能不知道阿炳的真名叫华彦钧，不知道阿炳的身世来历，但一定知道《二泉映月》，知道江苏无锡曾经有一个叫“瞎子阿炳”的民间艺人，留下了这么一首曲子。阿炳如果多活几年，还会有多少音乐财富被发掘出来？但命运就是这么残酷，没有如果，没有等到体面地登上大雅之堂的那一天，阿炳就已经离开了人世。阿炳生活在黑暗和苦难之中，留下的却是一曲至真至美的人间绝唱；阿炳不会作曲，却让整个乐坛为他喝彩，为他倾倒。阿炳生前享受不到鲜花和掌声，甚至连生活都没有着落，受尽欺凌，饱受磨难，死后却为人们留下了传世经典。如今，阿炳的《二泉映月》已成为中国民族音乐的名片，享誉世界，作曲家们还将它改编成弦乐合奏、弦乐四重奏、二胡与乐队、小提琴独奏、独唱、合唱、舞蹈音乐等不同的形式，在世界各地演出。

“梦悠悠魂悠悠，失明的双眼把暗夜看透；情悠悠爱悠悠，无语的泪花把光明寻求；啊，二泉的月是你命中一曲不沉的舟……”阿炳虽然看不见世界，但世界在他心中，他的音乐可以拥有整个世界。

江河水

徐缓凄凉，如泣如诉，时而悲愤，时而激越的音乐震慑了听众的心灵。这是一曲凄楚的悲歌，仿佛人世间所有的哀怨与苦难全浓缩在一个柔弱女性哭泣似的乐声中。

在音乐舞蹈史诗《东方红》第一场“苦难的岁月”中，一段催人泪下、感人肺腑的配乐——双管独奏《江河水》，将那流离失所、妻离子散的战乱岁月表现得淋漓尽致。

《江河水》原系我国东北地区的古老乐种——“辽南鼓乐”中的一首笙管曲牌，原名叫《江儿水》，后由鲁丁改编成双管独奏曲。20 世纪 60 年代，黄海怀又将它移植为二胡独奏曲。闵惠芬的传神演绎使它成为二胡独奏曲中的经典。乐曲深刻地表现了旧社会劳动人民的悲惨遭遇，表达了对黑暗现实饱含血泪的控诉。

聆听《江河水》，眼前很容易幻化出这样的场景：很久以前，有一对新婚不久的恩爱夫妻，丈夫被官府抓去服劳役，受尽折磨，惨死他乡。噩耗传来，女子悲痛欲绝，来到当时送别丈夫的江边遥祭亡魂，对着滔滔的江水，号啕痛哭，倾诉心中无限的哀思与怨恨。在中国，这种类似于“孟姜女哭长城”的悲剧故事，极易引发人们的情感共鸣。

全曲由引子和带再现的三个段落组成。羽调式的哀怨主题为全曲定下了悲苦的基调。

引子从低音区起，奏出带着哭腔的散板乐句，可谓“从头便是断肠声”。自由的节奏，对比强烈的力度，加上扣人心弦的连续四次四度上扬的音调，犹如在我们面前展示了一幅凄惨的画面：一个饱受苦难而叫天不应、叫地不灵的妇女哭着、喊着，疯也似的冲向江边，面对滔滔江水诉说世间的不平，随后又从高音区向下滑行。这一幕表现了失去丈夫的农妇对无法接受的残酷现实既悲愤不已，又无可奈何的绝望心境。

第一段，由起、承、转、合四个乐句组成。“起”句缓慢的速度，哀怨的旋律，暗淡的羽调式色彩，使得音乐更显得凄凉悲切。“承”句起首突然跳高十度，仿佛情绪特别激动，把压抑了很久的悲愤情绪一下子释放出来，似呼天抢地，呼唤着亲人的名字，号啕恸哭，痛不欲生。“转”句节奏抑扬顿挫，时断时连，似啜泣，似哭诉，字字血泪，声声哽咽，悲痛欲绝，泣不成声，将人们的心紧紧揪住，几乎透不过气来。“合”句是“起”句的反复与延伸，进一步延长该段的悲伤情绪。

第二段是全曲的对比段落。音乐由羽调式转为徵调式，这段转调是在毫无准备的情况下完成的，它只用一个音做过渡——民间的“借字”手法，就使音乐色彩发生了变化，突然进入神志恍惚的幻想境界，由此表现了主人公目光呆滞，如梦如痴，回首往事，百思不解的神态。这神态是哭干了眼泪经受丧夫之痛妇人的无语凝噎、无声沉思，她无法接受这个事实。这段音乐在演奏上不用揉弦，从而表现出类似于洞箫的呜咽、管子的直吹。而独奏旋律与伴奏旋律用几乎重复的音调交替出现，一问一答，出色地表现了主人公内心复杂的思绪，这种过度悲恸后出现的沉寂，更有一种“此时无声胜有声”的效果。此刻，你仿佛看到一个欲哭无泪、失魂落魄、痴痴呆呆的妇人凝望着江面，遥想着当年与夫君相亲相爱，携手并肩，共同度过的幸福时光。这段音乐犹如电影中的倒叙、回放，把人带入主人公对过去的回忆之中。可是好景不长，昔日的温馨、宁静气氛被晴天霹雳一声噩耗惊碎，使人不得不回到残酷的现实中来。

第三段是全曲的高潮，速度加快，力度增强，加之演奏上的大幅度运弓和扣揉技法的运用，使一种对封建黑暗势力控诉和反抗的情绪空前高涨。这是一个怨女压抑在心头的怒火的爆发，是发自心底的呐喊，是愤怒的控诉，是不屈的抗争。但是，残酷的现实让人不得不发出一声无奈的叹息。乐曲结束了，那如泣如诉的旋律还久久萦绕在人们的心头。

20世纪80年代，世界著名指挥家小泽征尔听到闵惠芬的二胡独奏《江河水》，眼泪夺眶而出，激动地说，《江河水》“拉出了人间的悲切”“连休止符也充满了音乐”。由于《江河水》的旋律基调本身所具有的真挚而感人的悲剧美，除了双管独奏、二胡独奏，还有许多作曲家将它移植改编成各种形式的器乐独奏曲或合奏曲，有人还为它填词，使它成为独唱曲，有人还为它编舞，使它成为双人舞。无论是哪一种音乐形式，《江河水》都感人肺腑，脍炙人口。但我认为最动人心魄的还是二胡演奏的《江河水》，因为二胡能贴切地表现出那种女性的哀怨与生离死别的断肠之感。这也是二胡独奏《江河水》独特的魅力之所在。

空山鸟语

空山不见人，
但闻人语响。
返影入深林，
复照青苔上。

王维的山水诗，颇有忘情世事的味道，给人以超凡脱俗之感。刘天华的二胡独奏曲《空山鸟语》即取其诗意创作而成，作者巧妙地以“鸟”代“人”，有“空山不见人，但闻鸟语声”之意。刘天华运用音乐描写自然现象时，并非采用自然主义的态度，而是将自己的感情渗透其中，表面上写“鸟语”，其实是写人的情感。而写情正是音乐所擅长的。当然这里的情是被山林鸟语声所唤起的，表现寄情于山水的文人情怀。

乐曲属于多段体结构，由引子、五个乐段和尾声组成。引子犹如鸟鸣在山谷的回响，以慢速奏出一连串带有装饰音的长音，这些长音做八度、五度、四度音程的跳进，简单几笔就描绘出空谷回声、幽邃静穆的意境，令人神往。接着，以非常活跃的十六分音符和八分音符相间的旋律进行，采用“起承转合”的旋律发展手法，给我们描绘了一幅生机勃勃的大自然早晨景象。主题旋律作为“人”的形象出现，在全曲贯穿始终，时而单独出现，时而与鸟鸣相结合，速度由慢渐快，力度由弱渐强，宛若自然景色给予“人”的清新愉悦心情，与自由自在的鸟语相互交融，相映成趣。这是“天人合一”思想在音乐中的很好体现。作者创造性地运用三弦拉戏式的模拟手法，将鸟语音乐化、人性化，使乐曲的造型性和抒情性有机结合，因而音乐既有抒情优美的旋律，又有生动有趣的鸟鸣。《空山鸟语》一曲的精妙，不只在其模拟自然的写实手法和具有浪漫主义情调的描写，而且还在其对美好生活的尽情抒发。

第二段音调是第一段的变化发展，旋律线条更加跳跃起伏，节奏更加活泼多变。散板旋律的“颤指滑音”是对鸟语惟妙惟肖的模仿，表现了群鸟在山谷林间追逐嬉戏、对答逗趣的情景，展现了深山幽谷、百鸟啼鸣的生动画面。接着的几段音乐，大量运用上下滑音、装饰音、同音换指、内外弦音色对比等手法，展示了大自然的勃勃生机，逐渐将音乐推向高潮。

此曲初稿产生于1918年，到1928年才定稿，整整磨了十年之久。当然十年时间并非只作此一曲，其间还有其他作品问世。此曲吸收了小提琴的一些技法，弓法、指法、旋律、节奏和各种装饰音的设计，力求尽善尽美，经过反复修改，终于谱就这首20世纪民族音乐的珍品。《空山鸟语》是一首技巧性和表现力很强的二胡独奏曲，是刘天华学习、借鉴西洋音乐创作和表演手法的成功实践。它的技巧特点，也正是它的演奏难点所在：音域宽，最高音达到外弦第五把位的顶端，几乎到了二胡高音区的极限，音越高，音准就越难把握，音色就越难控制；装饰音多，各种倚音、滑音的时值、音高、位置不同，演奏上有着细微的差别，产生的效果也迥然不同；速度快，节奏密集，快速滑音，快速换指，快速换把，快速换弓，而且很多处是不间断进行的；模拟鸟鸣，不是简单模仿某种特定的鸟类，不是自然界鸟声的记录，而是将鸟语音乐化、艺术化，似鸟非鸟，却又必须具有鸟叫的特殊音色和频率特征；同音换指——轮指，用在二胡上是刘天华首创。二胡的轮指和琵琶的轮指不同，琵琶轮指往往无定数，快慢频率和轮指次数由演奏家自己根据时值需要灵活把握。二胡上轮指是有定数的，一弓三音，连续十几小节不间歇，难度就大了。换指要求准确、快捷，保证落在同度音上，换弓要灵活、适时，不露痕迹，防止产生多余的空弦音——这是一般演奏者不易达到的要求。同音换指所产生的灵动效果，在《空山鸟语》一曲中得到了淋漓尽致的发挥。

寄情于景，情景交融，以鸟的飞鸣表现人的情趣历来是中国传统音乐的惯常手法，与此曲同类题材的民间乐曲有《百鸟朝凤》《鹧鸪飞》《荫中鸟》《鸟投林》《平沙落雁》《寒鸦戏水》《凤凰展翅》等，它们都是深受群众喜爱的拟声状物绘形乐曲。但刘天华的《空山鸟语》没有过分追求自然界音响的逼真模仿，也不是单纯的技巧炫耀，主要还是透过景物表现人在大自然中的心情。

徐徐而起的引子，把人渐渐引入一个有如世外桃源的佳境：深山幽谷，密林荆丛，一片尚未遭受人欲侵扰的清静世界。这里是大自然的精灵——鸟儿的天堂。鸟儿在林间穿梭雀跃，尽情欢叫。曲作者对鸟类的观察细致入微，鸟的神态、动态、声态一应俱全：时而鸟鸣枝头，扑棱着腾空而起；时而彼呼此应，声啾啾嬉戏亲昵；时而啁啾喧闹，对答逗趣；时而寂静无声，如入无人之境；静中似闻鸟鸣声，有声更显山中静。随着音乐的不断变化发展，此曲仿佛一幅水墨山水花鸟长卷展现在人们眼前。画面中虽然没有出现人的影子，但画外音不正是人在发出一阵阵由衷的赞叹吗？画家作画，音乐家作曲，表现的题材虽然是花鸟山水，但无不融入个人的情感意愿，那是美好大自然带给人的喜悦心情，那是作者融入自然的心灵感悟。刘天华在此着力用音符加以描绘的，也许就是他心中的艺术追求：天人合一，回归自然，抱朴含真，怡然自得。此刻，音乐家以他的特殊方式在为人类虔诚祝福祈祷：愿世界少一点纷扰，多一份安宁；愿人类能像鸟儿一样和谐相处，无忧无虑，自由自在，幸福快乐。

在我国现代文化史上，刘天华与兄刘半农、弟刘北茂并称为“刘氏三杰”。其兄刘半农先生在《书亡弟天华遗影后》一文中说：“二胡地位本庸微，自有天华，乃登上品。”此语是对刘天华非常概括而又中肯的评价。二胡能够登上大雅之堂，刘天华功不可没。他第一个把西洋作曲技法、小提琴演奏技巧引进二胡中，并把二胡从伴奏乐器上升为独奏乐器，纳入高等院校的专业教学，是我国近现代二胡创作、演奏的一代宗师。他创作的《空山鸟语》《光明行》《良宵》《病中吟》《烛影摇红》等二胡曲，为我国二胡音乐的发展打下了坚实的基础。今天，音乐学院二胡专业的学子，民族乐团的二胡演奏家，以及二胡的业余爱好者，都应该记住刘天华这个名字。

金蛇狂舞

听民乐合奏《金蛇狂舞》，会有一种久违了的旋律在你心中激荡，一种热烈、欢快、奋发向上的节奏，扫过你的全身，你的精神为之一振。这时，你会感受到过节似的幸福——这就是《金蛇狂舞》，我们自己的民乐。即使在最艰难困苦的岁月里也表达着达观的精神。20世纪30年代，聂耳作此曲一扫国人萎靡之习气，领时代之新风，令人耳目一新！

中华民族有许多传统节日，春节、元宵节、端午节、重阳节、中秋节……节日里，人们张灯结彩，敲锣打鼓，载歌载舞，舞龙舞狮，赛龙舟，闹花灯，踩高跷，扭秧歌……以各种形式表达喜悦的心情。

民乐合奏《金蛇狂舞》就是一首来源于传统素材，表现传统节日喜庆气氛的乐曲。人们常常将其与端午节龙舟竞渡、锣鼓喧天的欢腾场景联系起来。飞溅的浪花、飞舞的龙旗、飞驰的龙舟，震耳欲聋的锣鼓声、呐喊声，与两岸欢乐的人群一起，构成色彩浓烈的龙舟竞渡风俗画。

龙舟竞渡，起源于两千多年前我国民间一项有趣的传统体育活动，在漫长的发展岁月里衍化出了五花八门的龙舟奇俗。关于端午节赛龙舟的起源，有多种说法，有祭伍子胥、祭曹娥、祭屈原、祭水神或龙神等祭祀仪式中半宗教性、半娱乐性的节目。由此可见，赛龙舟不仅是一种体育娱乐活动，更体现出人们对先贤的缅怀和纪念，蕴含着爱国主义和集体主义精神。如今，端午节赛龙舟已演变为一种民俗活动，欢乐的节庆娱乐气氛冲淡了原本的祭祀色彩。反映这一民俗风情的音乐作品有广东音乐《赛龙夺锦》，阿炳琵琶曲《龙船》，浙江吹打《划船锣鼓》等，其中演奏最多、人们最熟悉和最喜爱的民乐作品还是《金蛇狂舞》。

《金蛇狂舞》创作于1934年，是人民音乐家聂耳根据民间乐曲《倒八板》整理改编的，并由他亲自指挥灌成唱片。

《倒八板》又称《阳八曲》《凡忘工》《无工板》，是《老六板》的变体，即把《老六板》的尾部变化发展，作为乐曲的开头，故俗称《倒八板》。《老六板》又名《八板》《天下同》，是一首流传很广的民间乐曲，它变式多，又万变不离其宗，所以叫《天下同》。在全国各地的器乐曲、戏曲、曲艺和歌舞曲中，都有《八板》的影子，如琵琶曲《阳春白雪》、筝曲《汉宫秋月》、笛曲《熏风曲》、江南丝竹《中花六板》、京剧曲牌《小放牛》、广西文场曲牌《大八板》、学堂乐歌《祖国歌》《放学歌》等，它们同宗同源，其母体都是《老六板》。所以，我们听《金蛇狂舞》会似曾相识，倍感亲切，因为这种音乐早已根植于民众心中了，它是我们中华民族传统音乐的母语。

《金蛇狂舞》的开始部分是《老六板》中间部分的变化发展，这样一方面改变了原曲中略显规整平板的结构，另一方面大量出现的fa音，使乐曲一开始就向明亮上扬的上四度调靠拢，呈现出欢乐奔放的情绪。

第二段又将原曲中的“工”更换成“凡”，转入上四度宫调系统，情绪明朗热烈，生机盎然，故也称它为“凡忘工”或“绝工板”。

这种把音乐中的一个音全部换成另外一个音而形成转调的手法，是我国民间音乐中旋律发展的常用手法之一，民间称“借字”。如《金蛇狂舞》借“凡”字(fa)代替《老六板》的“工”字(mi)，使旋律因此而转至下属宫系统调，音乐的情绪和色彩都产生了鲜明的变化。由此，可见聂耳具有深厚的民间音乐功底和非常高明的作曲技巧。

第三段采用“螺蛳结顶”旋法，上下句对答呼应，句幅逐层减缩，情绪逐层高涨，达到全曲高潮。乐曲在不同乐器的交替领奏与乐队全奏的对仗性旋律中，配以激越的锣鼓节奏，更渲染了热烈欢腾的气氛，表现了龙舟竞渡时那种你追我赶、奋力拼搏的热闹场面。

这里，我们不妨通过儿歌《闹新春》体会句幅递减的“螺蛳结顶”

特点：

一二三四五六七，正月里来闹新春。

七六五四三二一，龙灯耍得快又急。

一二三四五，来跳什么舞？

五四三二一，来跳狮子舞。

一二三，来敲锣。

三二一，来打鼓。

敲锣，打鼓。

咚，呛。

在民间，越是传统的东西越深入人心，就像儿时新年的爆竹，元宵节的龙灯，街头巷尾的叫卖调，小朋友口中的儿歌，民间艺人口中的道情、滩簧，村口舞龙舞狮队的铿锵锣鼓声……聂耳的高明之处在于将人们司空见惯的民间音乐素材提炼、加工、改编成一首既有传统特色又有时代气息的新音乐。在《金蛇狂舞》中，丝竹乐器与打击乐器结合如此紧密，打击乐器使用的分量虽然很重，但又不喧宾夺主，恰到好处地衬托了主题，渲染了热烈欢腾的节日气氛。

当《倒八板》与端午节赛龙舟、元宵节闹花灯、春节扭秧歌的锣鼓结合在一起时，它便成了人们记忆中抹不去的节庆符号。聂耳将其改编并定名为《金蛇狂舞》，赋予其新的内涵。在20世纪30年代，《金蛇狂舞》犹如黑暗中一抹曙光，令人精神振奋，它是漫漫长夜中引领人们走向光明的一支号角，一声惊雷，一个喜讯。聂耳的《金蛇狂舞》与任光的《彩云追月》谱写了那个时代民乐合奏的新篇章，具有划时代的意义。

《金蛇狂舞》是永远不会过时的，它是中华民族传统文化的根脉，也是中国人最熟悉的乡音。

彩云追月

一轮明月高挂在天上，引人遐想，令人神往。古往今来，文人墨客无不爱月、赏月、咏月、颂月。我国民族音乐中对月亮的描写极富诗情画意，大多具有柔美、典雅、朦胧、梦幻般的色彩，聆之如临仙境，教人流连忘返。

咏月之曲，既有抒发离愁别绪、倾诉儿女情长的，又有描写良辰美景、寄托美好愿望的，还有充满浪漫情怀，表现无边遐想的，如《春江花月夜》《月儿高》《关山月》《汉宫秋月》《月夜》《二泉映月》《平湖秋月》《花好月圆》等，或优美，或恬静，或沉思，或忧愁，或悲伤，各具特色。而任光以江南民间音乐为素材，借鉴西洋作曲技法，采用“探戈”舞曲的切分节奏，吸收江南丝竹音调和轻音乐配器特点创作的民乐合奏《彩云追月》，则是一曲具有浪漫色彩的现代咏月佳作。

1932年，任光在上海百代唱片公司任节目部主任时，同聂耳一起，为百代国乐队写了一组民族管弦乐曲并灌制唱片，《彩云追月》就是其中一首，完成于1935年。

正如标题所示，该曲表现的就是云与月在迷离浩瀚的夜空中嬉戏追逐的情景，充满绮丽幻想，富有诗情画意。

全曲由三部分组成。开始两小节是一个跨度达九度的上行五声性主题旋律，仿佛一个人抬起头来，仰望那辽阔的夜空，发出由衷的感慨。接着，便是写云与月在天空中自由地遨游，两个带有切分节奏的方整性模进乐句，旋律发展采用“鱼咬尾”的手法，自然而流畅，描绘了夏夜里清风明月的恬静祥和与人们悠闲自在的心情。

第二部分转入“追”的情态。旋律在一松一紧的节奏中逐步上升，仿佛云在飘逸上升，追逐那一轮明月。第二句旋律徐徐下行，犹如云遮住了月，月亮悄悄躲起来了，夜空变得扑朔迷离。当然，这种云月相逐的意境是充分拟人化的，是以情写景的幻想音画。

第三部分写云与月的嬉戏、对答，以挑逗性的短句来描写云与月追逐时忽高忽低、忽左忽右、忽进忽退的动态。然后落在两个休止符和连续出现的偏音“si”上，表示月终究没有被追上，始终在遁走、闪避。在这一追一闪、忽即忽离的反复之中，云和月渐渐远去，消失在人们的视野中。乐曲最后结束在不稳定音 fa 上，正是为了制造这样的效果。云与月的追逐还在继续，留给人们的是袅袅不绝的余音和无穷无尽的遐想。

有人评论说，该曲旋律简单、质朴、清新、优美，节奏张弛有致，从容不迫，恰到好处地表现了寥廓、晴朗的夏夜，云月在空中漫游，忽即忽离的情态，展示了大自然的安闲静谧和生机勃勃的魅力，是对生命与自然的礼赞(刘承华，《中国音乐的神韵》)。似水流淌的旋律如同散文诗般徐徐展开。此情此景，教人不由得想起宋代词人晏几道的《临江仙》：“梦后楼台高锁，酒醒帘幕低垂。去年春恨却来时。落花人独立，微雨燕双飞。记得小苹初见，两重心字罗衣，琵琶弦上说相思。当时明月在，曾照彩云归。”虽然晏几道写的是相思情怀，任光谱的是迷人夜景，但那悠扬、抒情的旋律，生动、鲜活的节奏所营造的对答、追逐的乐思，表达的不也是生命的跃动和作者对美好生活向往吗？音乐长于抒情，借月抒怀才是乐曲的真意。

任光，这位与聂耳同时代，与聂耳一样英年早逝的音乐家，在他短暂的一生中为我们留下了《渔光曲》《彩云追月》这样优秀的音乐作品，值得我们永远铭记他。正如月亮是永恒的，《彩云追月》也是永恒的。

第二辑　西乐篇

浓缩的音乐人生

如果说“音乐是上界的语言”，那么莫扎特就是上帝派往人间的音乐天使，莫扎特的音乐是“上帝借他之手”谱就的。听到这样的音乐，我们除了膜拜，还能说什么？

该如何表达我对莫扎特的敬佩和景仰呢？请恕我一时找不到合适的词句，只能借用画家陈丹青在飞往纽约的航班上听到莫扎特的《费加罗的婚礼》序曲时所说的：“我真想拽着他的肩膀用力摇他，冲他喊，你这个人啊！你这个人啊！”只有满心的欢喜和感激，语言是多余的了。有人曾问爱因斯坦，死亡意味着什么，他竟回答：死亡意味着再也听不到莫扎特的音乐了。

为什么几乎所有的古典乐迷言必提莫扎特？他到底是人还是神？莫扎特留给人们太多的谜。3 岁弹琴，5 岁作曲，6 岁巡演于欧洲各大城市，8 岁开始创作奏鸣曲和交响曲，11 岁创作了第一部歌剧，他仅仅活了 35 岁，却为世人留下了 600 多部音乐作品。其中歌剧 20 多部，交响曲 40 多部，还有奏鸣曲、室内乐等作品涉及当时几乎所有乐器、所有体裁的器乐曲、声乐曲和宗教音乐。傅雷说，“没有一种体裁没有他登峰造极的作品，没有一种乐器没有他的经典文献”。煌煌 75 卷音乐巨著，常人就是抄写一辈子也未必能够完成。要在莫扎特的所有作品中找出他的代表作，是困难的，因为他的每一首作品都堪称杰作。

这位被世人称为“神童”的音乐家是怎样将他如甘泉般奔涌的乐思神速地用那支神奇的鹅毛笔在五线谱上记录下来的哟！生活在18世纪的他创造的是怎样的一个奇迹啊！我常常百思不得其解。歌德也说，“像莫扎特那样的一种现象实在是永远无法解释的奇迹”。况且他过的又是令人无法想象的困窘日子。除了短暂的童年有过荣耀和幸福，几乎大半生都在穷困潦倒中艰难度日，冬天，连买炭的钱都没有，只好抱着带病的妻子跳舞取暖。婚后九年当中搬了十二次家，生了六个孩子，夭殇了四个。当铺是莫扎特经常光顾的地方，放高利贷的债主成为他唯一的救星。那首在不速之客“催命”中完成的《安魂曲》成了他写给自己的“挽歌”。据说莫扎特去世的那天，雷电交加，大雨倾盆，他的妻子又卧病在床，只有三五个黑衣人为他送葬，匆匆忙忙将他扔进贫民公墓的荒冢丛中了事，过后等他的妻子康斯坦兹再去寻找时，已经找不到了。

如果说命运与贝多芬是一场彼此势均力敌的抗衡，那么对莫扎特则实在是有些欺负无辜了。他一生都在为别人创造欢乐，自己却在贫病交加中悲惨地死去。人们讲究寿终正寝，他英年早逝，死后连块像样的墓地都没有，那是何等悲惨的人生！“莫扎特却是不声不响地忍受鞭挞，只凭着坚定的信仰，像殉道的使徒一般唱着温馨甘美的乐句安慰自己，安慰别人。……后世的人单听他的音乐，万万想象不出他的遭遇，而只能认识他的心灵——多么明智，多么高贵，多么纯洁的心灵！……没有一个作曲家的音乐比莫扎特的更接近于天籁了。”（傅雷语）莫扎特的音乐，是含泪的微笑，是花丛中的玫瑰，是真情的流露，是激情的释放，是生命的华章。他是那么真诚，那么洒脱，那么豁达，那么乐观，他在音乐中丝毫也不曾透露自己痛苦的消息，哪怕是一丁点的反抗抑或挣扎的气息都找不到。傅雷还说：“假如贝多芬给我们的是战斗的勇气，那么莫扎特给我们的是无限的信心。”莫扎特自己也说：“生活的苦难压不垮我。我心中的欢乐不是我自己的，我把欢乐注进音乐，为的是让世界感到欢乐。”的确，莫扎特带给人们的全是欢乐。生活的不幸、命运的不济，到他那儿全过滤得只剩下美了。

除了作曲，莫扎特还是一位钢琴家、管风琴家、小提琴家、中提琴家和乐队指挥家。他有着惊人的音乐记忆力。1769 年，14 岁的莫扎特在罗马的西斯庭教堂听到一首由阿内格瑞所作创的九声部教会合唱曲，这首歌曲被罗马教皇视为秘传作品，规定严禁外传，违者要被开除出教。可是莫扎特听了两遍之后，回到家里凭记忆便把该曲默写了下来。类似这样的轶事还有很多，这不是天才吗？捷克音乐大师德沃夏克在布拉格音乐学院任教时，问他班上的学生，莫扎特是怎样的人，学生们回答了一些似是而非的话，德沃夏克非常恼火，抓住一个学生的手，把他带到窗子旁边，指着窗外的天空，问他看到了什么东西。那个尴尬的学生说什么也没有看见。德沃夏克反问他：“你难道没有看见太阳吗？”然后转身面对全班学生严肃而激动地说：“请记住，莫扎特就是我们的太阳。”

太阳是独一无二的，莫扎特也是独一无二的。我常常天真地想，莫非上帝也妒才，将遣往人间的音乐天使过早地召了回去，才 35 岁绚烂至极的生命，是集灼灼耀人的音乐才华于一身的金贵生命啊！为什么音乐天才多早殁？莫扎特、舒伯特、门德尔松、肖邦、舒曼、比才、穆索尔斯基……一个个生命如此短暂，走得如此匆匆，莫非他们都是上帝派来的音乐天使？音乐天才的夭殇与生活的落魄是偶然还是必然？这个问题或许该由人类学家、社会学家、生命科学家来回答。我猜想音乐大师在灵感降临时，一定如同天启，如同神示，如同泉涌，恣意纵横，不可抑止，物我两忘，一不小心就将生命羽化成了音符，谱着谱着，将自己的灵魂也谱了进去。而命运待人又是如此的刻薄，莫扎特出身低微，生不逢时，穷困潦倒，疾病缠身，遭际坎坷，怀才不遇……莫非正是这无尽的苦难造就了天才？岁月虽不能挽留这流星般陨落的生命，俗世虽没有善待这金子般珍贵的生命，人们却可以世代享用其凝缩的生命成就的艺术。这多么不公平！就像美丽的鲜花过早凋零枯萎，却把芳香留在天地间，人们为它惋惜叹息，它依然无怨无悔，含笑怒放。

莫扎特走了，早已乘着音乐的翅膀飞向遥远的天国了，可他的音乐却长留人间，太阳般光耀千秋。后世的人们听到莫扎特的音乐总是说：听，这是莫扎特的灵魂在歌唱，多么高贵，多么典雅，多么明朗，多么纯净，多么和谐，多么浪漫，多么真诚，宛如天使在歌唱。莫扎特，你在天国里也会同样欢快地歌唱吗？

G 大调弦乐小夜曲

这样的一个夜晚，一列高速行驶的列车中，除了列车飞速前进时的阵阵呼啸和车轮碾压铁轨发出的“咣当咣当”声，就是车厢里邻座的高谈阔论或窃窃私语。嘈杂的车厢逼仄而沉闷，有人谈兴正酣，有人哈欠连连，有人塞着耳机自我陶醉，也有人已迷迷糊糊进入了梦乡。我拿了一本书，却看不下去，闭上眼睛，却睡不着。在这漫长寂寞的旅途中，要是来点音乐有多好。真是想什么来什么，正百无聊赖中，列车的广播响了：“前方到站××……”随后，音乐响起，激情飞扬、酣畅淋漓的旋律，似潮水般涌来，顷刻间让我幸福得晕眩。

莫扎特的《G 大调弦乐小夜曲》，如同天外飞来的仙乐，洒满整个车厢。恍惚间我仿佛看见大把大把闪着银光的音符从几十把提琴的琴弦间雨滴般洒落，洋洋洒洒的音符使夜有了几乎可以触摸的质感。我的精神为之一爽，我简直不相信这是在车厢里。时空似乎在变换，激荡盈耳的乐流一下子把我带进了 18 世纪维也纳乡间的花前月下，何等清澈澄明的月色，何等精巧别致的花园。这是天才莫扎特不经意间用音符筑构起的一座庭院，洒向人间的一缕月光，它使每一个沐浴其中的人不得不满怀欣喜和虔诚地去承接这一抹来自天堂的音乐灵光。至少我已从心底里接纳了它并致以十二分的感激。

这首《G 大调弦乐小夜曲》是莫扎特作的十几首组曲型小夜曲中最受欢迎的一首，于 1787 在维也纳完成。全曲四个乐章，犹如一部“小交响曲”，但通篇洋溢着优美动听的弦乐小夜曲那轻松明快的旋律。小夜曲是欧洲音乐的常见体裁，一般是指游吟诗人弹着曼陀铃在情人的窗前月下唱出的爱情歌曲。但这首《G大调弦乐小夜曲》显然属于器乐性质的小夜曲，并非献给某个情人，而是写给整个弦乐队演奏并与普通大众分享的古典音乐。它适用于室内沙龙，也适用于室外娱乐。

第一乐章开篇便是快板，号角性的音调令人想起青春少年手持鲜花"唱着歌，打着鼓，手拿着花枝齐跳舞"（郭沫若译，屈原《九歌·礼魂》）的形象。朝气蓬勃、乐观开朗的情绪似春风扑面而来，玲珑剔透、芳香四溢的旋律如甘泉般喷涌而出。沉闷的车厢在莫扎特音乐的浸润下，刹那间如注入了清新剂般地爽朗起来，昏睡中的人们被音乐唤醒，眨巴着眼睛四下里打探这美妙的音乐从何而来。对座一个小女孩喜形于色，情不自禁地手舞足蹈起来。

第二乐章行板，抒情的浪漫曲，温柔、恬静，如诗如画，有如游吟诗人弹着曼陀铃对着心上人唱起动人的歌谣，有如情侣之间喃喃私语，含情脉脉、缱绻迷人。优美如歌的旋律又教人想起屈原《九歌·礼魂》的白话译诗，正好把前面两句续上："我把花给你，你把花给我，心爱的人儿，歌舞两婆娑。"看过去，侧对座的一对情侣正依偎在一起陶醉在沁人心脾的音乐中。

第三乐章小快板，简洁明快的三拍子旋律穿插了一个妩媚动人的三声中部，仿佛春天的轻歌曼舞中飘来阵阵花香，令人陶醉。闻着花香，循着幽径，来到一个宽阔的厅堂，一群青年男女在朦胧月色下欢快地跳着民间舞蹈，舞姿潇洒，青春焕发，光彩照人。我把目光投向窗外，忽见天宇中星星点点在不停地闪烁，莫非那是莫扎特羽化成的精灵投向人间的深情一瞥。

第四乐章快板，热情爽朗的节奏，轻松诙谐的曲调，给人以青年男女通宵达旦、狂欢歌舞的印象，犹如夜幕被撕开一角，曙光初露，东方破晓。莫扎特将青春的阳光和欢乐一起播撒给我们，将充满希望的号角在人们心中奏响。

好一首情思奔涌、乐天愉悦的莫扎特小夜曲，它一扫暗夜里人们心头的阴霾和旅途中的困顿，让人在局促不安的车厢中看到一束光芒，抵达一个梦想，找到一片心灵的伊甸园。身心沐浴在这样的音乐中，怎不令人心驰神往，生发出几多美好的感触与爱意。

且容我把屈原《九歌·礼魂》的白话译诗（郭沫若译）的最后四句续完，以表达我对莫扎特《G大调弦乐小夜曲》的满心喜爱和由衷倾慕："春天有兰花，秋天有菊花，馨香百代，敬礼无涯。"

感谢莫扎特，感谢古典音乐，在平凡的旅途中带给我不寻常的快乐。

扼住命运的咽喉

如果说莫扎特是上帝派往人间的天使,那么贝多芬则是上帝派往人间的英雄。古希腊神话中说,西西弗斯被众神判决推运一块石头上山。由于巨石本身的重量,它被推到了山顶,却又总是滚下山脚,忙活了半天前功尽弃。于是,西西弗斯又得把石块重新推上山去,如此折磨人的苦役周而复始,无穷无尽。西西弗斯是古希腊神话中的勇士,贝多芬则是人类音乐艺术史上的英雄。

音乐家大都是从孩童时代开始折腾出来的,贝多芬也不例外。从4岁的时候起,当千百万儿童还在父母面前撒娇听故事,摆弄玩具的时候,贝多芬就开始趴在钢琴上创作了。他只活了57岁,却创作了包括9部交响曲在内的各种不同体裁的音乐作品300多部。贝多芬的一生是辛勤劳作、不断地与命运搏斗的一生。他所理解的幸福是“建立在劳动基础上的幸福”。音乐史上所谓的天才,无一不是勤奋耕耘的结果。贝多芬之所以成为“乐圣”,并不是说他是天才超人,而是他具有超乎常人的毅力和自强不息的拼搏精神。

然而,命运捉弄人,26岁正当盛年,贝多芬双耳失聪。作为音乐家,失去听觉意味着艺术生涯的终结,换了别人或许会自暴自弃一蹶不振。贝多芬的非凡之处在于不屈从于命运的摆布,他的名言“我要扼住命运的咽喉,它休想使我屈服!”正是他不屈性格的写照。那么多的痛苦(耳聋、失恋、贫困、疾病、孤独、烦恼、矛盾、冲突)一齐向他压来,居然被他一一化解,升华为深沉、悲壮、崇高的音响哲理诗,真是不可思议!为什么贝多芬那么坚强？我们从他那著名的箴言中可以解开他战胜命运的奥秘："音乐是比一切智慧，一切哲学更高的启示，谁能参透我的音乐含义，谁便能超脱常人难以振拔的苦难。"所以，贝多芬没有被厄运击倒，他对别人说："是艺术挽留了我，在我尚未把我的使命全部完成之前，我不能离开这个世界。"他的使命就是让千万人"超脱常人难以振拔的苦难"。

贝多芬是不幸的，也是幸福的。他的幸福在于不断地战胜自己，挑战命运，创造精神财富，实现自我价值，通过音乐把他的意志、激情、力量传递给亿万民众，给人类带来欢乐。贝多芬把音乐创作当作人生最大的乐趣和生活下去的理由，他一生中创作力最旺盛、成就最辉煌的时期，恰恰就是他最不幸的时期。他坚信命运掌握在自己手里，他并未因耳聋的打击而沉沦，他的大部分成功之作都是在耳聋以后创作的。

《命运(第五)交响曲》是贝多芬九部交响曲中最杰出的一部。这部作品所表现的正是人类与命运搏斗，最终战胜命运的主题，也是贝多芬以音乐为武器战胜心灵的黑暗走向光明的最好写照。

《命运交响曲》完成于1808年，贝多芬用几个沉重而有力的连续音符象征严峻的命运敲门声，并将它发展成气势恢宏、情绪激昂、富有深刻哲理思想的四个乐章交响曲。"通过斗争取得胜利"是贝多芬音乐创作的永恒主题与核心思想。每个人对命运的理解和采取的行动是截然不同的。有人相信宿命，任由命运的摆布，有人敢于"扼住命运的咽喉"。贝多芬的信条是：人生没有宿命，你要成为什么人，全在于你自己的选择，在坚强与懦弱、奋斗与沉沦、对抗与妥协、坚守与放弃、站着与跪着之间选择。英雄与懦夫只有通过这种选择才能显示出来。矛盾冲突愈是尖锐、激烈，选择过程愈是痛苦、煎熬，也就愈加显示出一个人意志的强度、硬度和厚度。

听《命运交响曲》，仿佛听见贝多芬在召唤我们坚强起来、洒脱起来、振奋起来，它是一支催人奋进、振聋发聩的号角。英雄之所以让人仰视，是因为他站着，而别人却跪着。站起来成为生活的强者——这便是我们从《命运交响曲》中领悟到的最本质的内涵。听贝多芬的音乐，常使我们联想起莎士比亚的哲理悲剧。这两者都在用各自的语言向我们揭示人性的善恶、灵魂的美丑、人生的哲理、心灵的冲突。它们都让我们领略到人类情感世界的奥秘，以及人与人、人与自然、人与社会之间的关系。不论贝多芬的音乐，还是莎士比亚的悲剧，都代表了人类同命运的矛盾。贝多芬的《命运交响曲》将人类同命运的矛盾揭示得淋漓尽致，并将他的人生观和不屈的斗争精神通过音乐传达给听众。人类历史上那些震撼心灵的艺术作品，往往都是痛苦的悲剧，而不是轻松快乐的喜剧。贝多芬的交响曲之所以崇高，就是因为他敢于直面现实的不幸，命运的不公，人生的磨难，并以音乐的形式将它们升华为美和战胜命运的力量。

恩格斯非常喜爱贝多芬的《命运交响曲》，他在给妹妹的信中写道："假如你没有听过这样壮丽的作品，那你可以说等于一生没有听过什么好音乐。"贝多芬的《热情奏鸣曲》同样表现了人类与命运的搏斗，对光明的追求，对自由的渴望，充满着满腔的热情和旺盛的斗志。列宁有一次听后，非常激动地说："这是绝妙的音乐，了不起的音乐，非人间的音乐，我真想每天都听它。我永远以拥有它而感到自豪，我甚至会天真地想，看！人间能创造出如此的奇迹来啊！"

类似的评价还有很多很多。在浩瀚的音乐星空中，贝多芬无疑是最耀眼的那一颗。贝多芬是不朽的，他永远活在人们心中。

春天里的贝多芬

春天的太阳暖暖地照进窗台，窗外嫩芽吐绿，垂柳飘拂。放眼远眺，山泉汩汩，溪流淙淙。门前的那株野百合含苞欲放，春的气息馥郁芳香。CD机里流淌着贝多芬的F大调小提琴奏鸣曲《春天》，也称《春天奏鸣曲》(作品24号)，生机勃发、热情洋溢的旋律，甘泉奔涌似的倾泻而出，拽都拽不住的青春少年气，恣意纵横，一路狂喜。在这美好的季节，听着这充满生机、才气横溢的美妙音乐，我的精神为之抖擞。

画家陈丹青说巴洛克时代的音乐是心情大好没完没了的絮叨，到贝多芬，音乐开始发脾气。我听贝多芬的这首《春天奏鸣曲》，丝毫也没有听出发脾气的迹象。我分明看到一个阳光少年正意气风发地和着春的律动在如瀑的旋律中飞奔，真是难得遇到这般好心情的贝多芬。贝多芬的音乐常常给人以悲天悯人、慷慨激昂的感觉。赵鑫珊说"贝多芬"应译为"悲多愤"更合适，天生一副西西弗斯服苦役般的勇士形象。我今天不听与命运肉搏的深沉抑郁、慑魂动魄的贝多芬，我要在音乐中寻觅春天里率真浪漫、踌躇满志的性情中人贝多芬。

这首《春天奏鸣曲》出版于1801年，属于贝多芬早期的作品，是其十首小提琴奏鸣曲中最受欢迎的一首。受前辈海顿、莫扎特风格的影响，乐曲充满青春的蓬勃朝气和乐观开朗的情绪，一股明净爽利的气息扑面而来，反映了作曲家渴望从大自然中追求人生幸福，以及探究幸福源泉的心情。

在第一乐章里，小提琴酣畅淋漓奏鸣的第一主题，在钢琴分解和弦的伴奏中，显得格外温润甜美、生机盎然。经过钢琴与小提琴的亲切交谈和对话，小提琴奏出了副部主题，钢琴的音型则像绿叶衬托红花那样烘托出了青春焕发的气氛。当主题充分展开时，调性不时地变换，比起他的前辈，贝多芬给主题反复陈述以更深、更广的意义，更加显示出了“大自然庙堂”一派壮美、清旷和幽邃的图景。第二乐章的主题首先在钢琴上奏出，小提琴再次反复，两件乐器时合时离，交相辉映，对答如流。这一非常抒情的“牧歌”，仿佛是贝多芬在“大自然庙堂”里对着飘浮在山顶上的一朵白云或暮春晚雾唱出的一首颂歌。第三乐章是轻快的诙谐曲，用复三部曲式写成，绚烂甘美，亦庄亦谐。第四乐章为回旋曲，主题欢快乐观，在 F 大调上共出现四次，它决定了终乐章的基本情绪：活泼开朗、清新澄明、春意盎然。其间还穿插着两个插部主题作为对比补充。最后以一个坚定有力的尾声结束全曲。

其实，贝多芬在创作这首《春天奏鸣曲》时，已届而立之年，而耳聋疾患在 26 岁时便开始光顾于他了。那么，失聪带给他极大的烦忧、不安、孤寂、痛苦，何以未在他的作品中流露出来？这里用中国古人的“寄情于山水”“先养得人心平和，然后作乐”作为注脚是最恰当不过的了。贝多芬崇尚大自然的壮美，以欣赏林中烟光、夕照、朝露、小草、野花、飞鸟为乐事，大自然是他音乐创作的丰富源泉。双耳失聪以后，散步成了贝多芬每日必做的要事，对他来说，散步就是和上帝谈话，就是寻找灵感，就是作曲。在贝多芬的口袋里，总是装着一支笔和一本创作笔记本。当落日晚霞斜照草地，或林鸟啼鸣，莺啭芳菲，猛然触动了贝多芬的灵感，作曲家就掏出他的小本本，草草地记下一句主题旋律，那或许就是一首奏鸣曲的胚胎或一部交响曲的萌芽。每当贝多芬在乡村原野的小径上散步，即使对面走来王公贵族，他也绝不让路。因为此刻他正在构思他的音乐蓝图，他绝不允许别人打断他的乐思，他心中的上帝便是音乐。他在《第六（田园）交响曲》中所描绘的那一幅幅理想画面，不就是他在乡村生活的体验吗？自然是他唯一的知己。贝多芬自己也说过:“世界上没有一个人像我这样地爱田野……我爱一株树甚于爱一个人。”“在森林中是幸福的,每一棵树都在向我说话,太美妙了……森林啊!树木啊!岩石啊!请赐给我人生所渴望的更大的回声吧!在这里我可怜的耳朵一点也不使我感到痛苦。”他将故乡的莱茵河称作“我们的父亲”。睁开眼睛,人类社会道德堕落的现象比比皆是,然而大自然则永远是纯正无邪的,大自然无穷无尽地给人们提供生活资源和精神动力。也只有在大自然中,贝多芬的精神才找到了真正的寄托。而孕育万物生长的春天更能使贝多芬参悟到生命的本质和欢乐的源泉。所以,在《春天奏鸣曲》中,贝多芬带给我们的是欢乐和阳光。

“大自然医治贝多芬心灵上的创伤,贝多芬的音乐解除我们的精神痛苦。”赵鑫珊在《贝多芬之魂》一书中一语道出了贝多芬音乐的真谛。从一首《春天奏鸣曲》中,我已依稀听到贝多芬音乐所传达出的精神内涵,那就是将痛苦留给自己,将欢乐带给别人。

永远的未完成

未完成的作品是残缺的，却因残缺而显得更完美，在西方艺术史上大概只有著名的断臂维纳斯和舒伯特的《未完成交响曲（b小调第八交响曲）》了。

舒伯特的《未完成交响曲》，有人称之为“音乐中的维纳斯”。它显然只完成了一半，只有两个乐章，而不是传统的四个乐章，但从这两个乐章来看，乐思已发展得十分完善，感情已充分表达，结构也很完整。也许人们会认为这是因为作曲家在临终前没有时间完成它，只创作了一半便撒手人寰，但事实并非如此。1822年，25岁的舒伯特被奥地利格拉兹市的音乐协会聘为荣誉会员，为了答谢，他将这首只写了两个乐章的交响曲总谱送给了该协会的理事长安塞姆。谁知，安塞姆是个不识货的家伙，他不屑一顾地将这部交响曲束之高阁。一直到43年后的1865年，“维也纳音乐之友社”的指挥约翰·赫贝克才从安塞姆的一堆旧乐谱中发现这份总谱，并付诸排练。《未完成交响曲》第一次和听众见面，便获得了很大的成功，并引起了音乐界的高度重视。但这时舒伯特早已不在人世了。很多音乐家动了不少脑筋想替舒伯特续写那未完成的另外两个乐章，但每一次均不令人满意，都有画蛇添足之嫌。他们后来才意识到，这部在形式上没有完成的作品实际是一部完美的交响曲，没有必要再给它做任何补充。恰如那座断臂的维纳斯雕像，它比有臂更完美，更有价值，若是接上手臂反而不协调了。

《未完成交响曲》是舒伯特在交响乐领域里的代表作，它标志着作者在艺术上的成熟。舒伯特在坚守古典主义音乐创作的现实主义传统的同时，在音乐中开创了一个新时代，他是第一位维也纳浪漫派音乐家，也是19世纪富于抒情性和戏剧性交响曲的创造者。

《未完成交响曲》显然是尚未完成之作，它的手稿只有第一、第二两个乐章和第三乐章的九个小节管弦乐总谱。由于此曲的已完成部分已经相当精彩，故在形式上虽然未完成，但实际上已完美无缺。音乐中约定俗成的惯例在舒伯特这里被打破了。有时候留点遗憾、留点悬念反而比十全十美的东西更有价值。此曲表达了作者对当时社会现实生活中一些问题的深刻思考，通过对知识分子悲剧性命运的揭示，反映出理想与现实之间的距离。作品通过对个人感情的倾诉，深刻揭露了当时腐朽没落的欧洲统治阶级在政治上的黑暗和反动，也反映出人民对幸福和光明的渴望。

第一乐章——中庸的快板。引子十分简洁，仅有八个小节，这个在弦乐低音部出现的主题十分深沉、严肃，它似乎是作者在深刻体验了人世间的不平和痛苦之后，对世界发出严峻的诘问，也是作者对个人命运的苦闷沉思。这是这部交响曲的核心，它包括了交响曲的基本思想，也贯穿在整个第一乐章中，使这一乐章始终笼罩在阴郁、悲伤的气氛之中。接着，主部主题在激动不安的弦乐背景上，用双簧管和单簧管的组合音色向人们诉说着那发自心灵深处无法排遣的悲哀和忧伤。这一忧伤的情绪成为乐曲的基调。副部主题是一个以舞蹈性旋律为基础的曲调，情绪明朗、积极，富有生命的活力，表现了作者寻求解脱痛苦的欲望和激情。但接下去的展开部又回到引子阴郁忧伤的主题，犹如疑问悬而未解，沉思理不出头绪，抗争没有结果，人生没有出路，预示着悲剧命运的不可抗拒。

第二乐章——稍快的行板。整个乐章如行云流水，布局和发展都舒缓自然，富有诗意。圆号、单簧管奏出和弦后，小提琴奏出优美如歌的抒情主题，把听众带入一个宁静而充满幻想的意境之中。第一主题的中间部分是由木管乐器奏出的，加上庄严的圆号和颇有分量的小号和定音鼓做伴奏，体现了作者对美好生活的向往。第二主题听上去没有第一乐章的忧伤气氛，但弦乐的断奏依然是贯穿第二主题的不稳定因素。作者在这个乐章中热情地抒发了他对美好生活的憧憬和对光明前途的渴望。他将普通人的感情和生活放在作品的中心位置，并且把它升华成为对于整个一代人的表现。舒伯特在其他作品中也处处表现出对人民大众的深切关怀，这是一个优秀艺术家的真诚品质。尽管自己正饱受磨难，但对生活的绝望和悲哀并没有让他失去对生活和人们的真诚的爱。正如他自己所说：我在写痛苦的时候，想到的是爱。正因为这种大爱情怀才使他的作品得以成为世界音乐的宝贵文献而流传至今，舒伯特的音乐正是他的天赋伴着苦难炼就的。

在浪漫主义音乐大师中，有人生前功成名就，享尽荣耀，而舒伯特生前备受歧视，死后才得到很高的评价。与他同时代的音乐家相比，舒伯特是极其不幸的，他短暂的一生十分清贫，大部分时间靠偶然赚点稿费和亲戚朋友的接济度日。穷困的时候连一天三餐都没有保证。在一个凄风苦雨的黄昏，一整天没有吃饭的舒伯特摇摇晃晃地走进一家小饭馆，找了个没人的角落坐下。老板问他吃什么，他吞吞吐吐地点了一盘土豆，结账时竟然付不起一份土豆的钱。正在窘迫时，他的目光落在餐桌上的一张报纸上，那上面刊登着一首小诗，他立即在菜单上为这首小诗谱曲。几分钟后，一首《摇篮曲》诞生了，以此权做一盘土豆的饭资。在舒伯特去世 30 年后，在巴黎的拍卖行里，这份珍贵的手稿，居然被拍卖到四万法郎的高价。他的其他好多艺术歌曲也是遭此命运，如《流浪者》出版商只给二个古尔盾（当时的货币），《菩提树》出版商只给一个古尔盾，而几十年后出版商从这些歌曲中赚了几万、几十万古尔盾的版税收入。但他连五线谱纸都买不起，舒伯特在生前，甚至还没能听到过自己创作的交响曲的演出。社会待天才如此不公！舒伯特不停地写作，不停地燃烧生命，却丝毫也没有改变贫困的生活，常常食不果腹、饥寒交迫，连治病买药的钱也没有。一位稀世的音乐天才就这样在贫病交加中悲惨地死去。他虽然比短寿的莫扎特还少活了四年，却给后人留下了大量的音乐财富，在不到20年的创作生涯中，舒伯特完成了各种不同体裁的音乐作品上千部，那是何等的勤奋，多么惊人的高产啊！

舒伯特的人生也可以说是未完成的，用我们的话说是"壮志未酬身先死"。正如他的墓碑上刻着的："死亡把丰富的宝藏，和更加美丽的希望埋葬在这里了。"他还没有尝到过事业的成功、爱情的甜蜜、婚姻的幸福与家庭的温暖，就以31岁的英年过早地离开了人世。但他那过早消逝的青春的生命化成无数感人的旋律，带着他的憧憬、渴望与幻想，永远歌唱着青春的美丽，就像春天盛开的花朵，虽短暂，但无比绚烂，芳香四溢。这般残缺、短暂而充实的人生难道不比浑浑噩噩、虚度光阴的漫长而无意义的人生更完美、更有价值吗？

“快枪手”罗西尼

每当人们听到歌剧《塞尔维亚理发师》中那诙谐幽默、绕口令式的唱段《快给城里的大忙人让路》和《威廉·退尔》序曲那威武雄壮、意气风发的主题，就会情不自禁地想到一位俏皮的胖子——意大利歌剧作曲家罗西尼(1792—1868)。

在19世纪上半叶的欧洲，罗西尼是乐坛红极一时的人物。他以天才的早熟与聪慧，16岁开始音乐创作，21岁便写出了歌剧《坦克雷迪》和《意大利女郎在阿尔及利亚》，引人瞩目。24岁时已经创作出了他的最高杰作歌剧《塞尔维亚理发师》，被誉为“意大利喜歌剧精神的化身”。在37岁前，罗西尼已经写下了近40部歌剧，筑起了宏伟高深的意大利“歌剧殿堂”。

罗西尼是个怪才，人称“快笔作曲家”，他的代表作歌剧《塞尔维亚理发师》只用了13天时间便宣告完成，令同时代的欧洲音乐大师们惊叹不已。音乐之都维也纳到处传颂着罗西尼的名字，就连贝多芬都对他赞赏不已，希望他多创作像《塞尔维亚理发师》这样的作品。要知道贝多芬创作《第九交响曲》酝酿了十余年，瓦格纳创作歌剧《尼伯龙根的指环》用了22年。可见罗西尼创作之神速，其美妙酣畅、诙谐幽默的旋律如同甘泉奔涌，滔滔不绝，汪洋恣肆，不可抑止。然而，“快枪手”罗西尼却出奇的懒惰、任性，他时常赖在床上作曲，有时不小心把五线谱纸掉落到地上，嫌捡起来麻烦，就顺手拿起另一张五线谱纸重新作曲。歌剧院委托他每年至少完成2部歌剧，由于他太不守时，一些冒火的经纪人就把他锁在房间内，逼迫他作曲。他写完的草稿从窗口传出，窗外有抄手恭候着，有的作品墨迹未干就拿去排练了。有时歌剧快上演了，序曲还未动笔，把剧院老板急得团团转，但只要逮住罗西尼，关他半天，就大功告成了。奇怪的是，他无论在何种情况下写成的音乐都能取悦人。他的《塞尔维亚理发师》《奥赛罗》《摩西》《威廉·退尔》均为经典之作，令瓦格纳赞不绝口，钦佩有加。罗西尼自己也曾傲慢地说："给我一张洗衣单，我也照样会将它谱成音乐。"

可是，就在整个欧洲音乐界将目光聚集到他身上时，"悬念"诞生——罗西尼消失了。37 岁，正当他完成歌剧《威廉·退尔》，在乐坛如日中天之时，才华横溢的他在绚烂之极中突然归于平淡，毫不犹豫地赶走了他的艺术灵感，关闭了喷泉般纵情挥洒的乐思，浇灭了火山般涌动的创作热情，悄然走出歌剧殿堂，一去不复返。整整 39 年，将他的音乐人生写下了一个长长的休止符，留给音乐史的是一页空白和谜团。人们纷纷猜测这到底为什么。乐思枯竭？委约中断？迫于生计？疾病缠身？移业转行？琐事困扰？隐居修道？游戏人生？禁锢封杀？……人们百思不得其解。

39 年的光阴啊，比莫扎特、舒伯特、门德尔松、肖邦他们一辈子的时间还长，本来还可以为人类留下多少宝贵的音乐财富啊！罗西尼为什么轻易放弃他那轻车熟路并大受世人欢迎的歌剧创作呢？是什么让他将那支生花妙笔尘封起来？人们惋惜之余纷纷表示难以理解，音乐史学家更是用近乎苛刻的语气对罗西尼表示了不满。几乎所有的记载文字，都把"崇高""深刻""壮丽"这些赞美之词用于后来的意大利歌剧大师威尔第身上，而对罗西尼则是不解、苛责和扼腕叹息。倒是瓦格纳在拜见罗西尼时情不自禁说了"不可思议""精彩""伟大"等溢美之词。

与音乐史上许多宿命苦难的天才比较，罗西尼算是幸运，并且是无比幸福的了。莫扎特、贝多芬、舒伯特等人，一生潦倒，一贫如洗，临终，还有没写完的乐曲和没还清的债务。罗西尼则不然，他无忧无虑地活到 76 岁。他有钱，声名显赫，晚年沉迷美食、豪宅，过着富丽堂皇、高朋满座的奢华生活。他当然不用在五线纸上“劳其筋骨，伤其心神”了。这就应了那句老话：勤奋造就天才，逆境造就俊杰，养尊处优耽于享乐便流于平庸。

罗西尼在少年时期就是个顽皮的捣蛋鬼，个性里有着懒惰、任性、享乐至上的一面，到了其事业的顶峰，这些缺点便肆无忌惮地滋长、蔓延开来，这位性情中人便再也控制不住自己了，将歌剧艺术抛于脑后，轻易决绝地金盆洗手。当他听说人们要在米兰市中心竖起他的纪念碑，且费用大得惊人时，他就嘟哝道：“只要他们肯把这些钱送给我，我愿意在有生之年，每天都站在广场纪念碑的台子上。”虽然是一句玩笑，但也反映了他的爱财和幽默禀性。他的禀赋和才气也恣意纵横地反映在他的歌剧中，《塞尔维亚理发师》中那莫扎特式的乐观、洒脱、机智、幽默、风趣旋律和炉火纯青的管弦乐配器手法，不是一般人能够写得出来的，一部如此精彩的歌剧只花了 13 天便大功告成，不是天才是什么？

据罗曼·罗兰回忆，罗西尼夫人的自私与独断也是扼杀其创作才能的一大原因。与歌剧院合约的中断当然是其创作戛然而止最直接的原因。但罗西尼是个鼎鼎有名的美食家，不仅爱吃，还不断发明调配花样翻新的菜单。可以说，罗西尼晚年感兴趣的不是乐谱，而是菜谱。或许，这 39 年的余生就这样沉湎于美食之中被他彻底挥霍浪费掉了。他日子过得美满滋润，逍遥自在，当然用不着费心耗神搞音乐创作……但这对于他的一生乃至人类音乐史不能不说是莫大的遗憾与损失。音乐史学家们对隐退江湖的罗西尼除了不解、猜测，还企图发现有什么惊人之作“藏之名山”。可是，除了发现他 1832 年创作的一部《圣母悼歌》和 1863 年创作的《小庄严弥撒曲》以及若干钢琴小品外，实在是找不出更好的作品了。或许是他自己意识到“罗西尼时代”已经终结，替而代之的是天才加勤奋，对歌剧事业孜孜以求的后来者威尔第和普契尼，后来者居上，后两人无论是艺术成就还是知名度都要盖过罗西尼。

舒曼与克拉拉的爱情

在西方音乐史上，舒曼与克拉拉可谓是一对天作之合的艺术情侣，一个是作曲家，一个是钢琴家，事业上的搭档，生活中的伴侣，是一对羡煞旁人的好夫妻。然而，他们的婚姻却是好事多磨，马拉松式的爱情经过“八年抗争”终成正果。

舒曼原先在莱比锡大学攻读法律，由于酷爱音乐，18 岁那年不顾母亲的反对，拜师在钢琴家维克门下学习钢琴。舒曼到了这个年龄才开始学钢琴，显然是太晚了。维克有个 9 岁的女儿叫克拉拉，钢琴弹得相当出色。舒曼比克拉拉大 9 岁，他们以兄妹相称，学习上互相帮助，取长补短，生活上舒曼像大哥哥一样照顾小妹妹，给她讲有趣的故事，陪她玩游戏，逗她开心。舒曼虽然钢琴学习起步晚，技巧上不如克拉拉，但他博览群书，学习刻苦，在文学艺术上有独到的见解，还喜欢作曲，擅长音乐评论。他每次创作出钢琴作品，就由克拉拉试奏，两人经常在钢琴上切磋技艺。随着年龄的增长，理解的加深，彼此产生了好感，友谊渐渐变成了爱情，这时的克拉拉 16 岁，已经是美丽优雅的花季少女了，而且是欧洲乐坛一位引人瞩目的青年女钢琴家。而舒曼由于急于求成，练坏了手指，实现不了当钢琴家的理想，已将兴趣转向了作曲。维克先生发觉女儿爱上舒曼后，竭力阻挠，再也不让他们接近。他认为舒曼配不上自己的女儿，克拉拉前途无量，将来可以成为一位享誉乐坛的大钢琴家，而舒曼永远成不了职业钢琴家。即便舒曼在作曲和音乐评论方面有所成就，但在当时作曲家地位低下，大名鼎鼎的前辈作曲大师如莫扎特、贝多芬、舒伯特都一生贫困潦倒，何况舒曼还是个初出茅庐的小青年。维克不能眼睁睁看着舒曼把自己的掌上明珠娶走。这位固执的德国老头铁了心要棒打鸳鸯，拆散这对有情人，并以断绝父女关系相威胁。为了阻止女儿与舒曼交往，维克带着克拉拉离开莱比锡去欧洲各地旅行演出，不许他们通信，甚至不许女儿演奏舒曼的作品。有一次克拉拉在德累斯顿演出，舒曼偷偷跑去与她见了一面，维克知道后火冒三丈，威胁他们要是再敢见面，就一枪结束舒曼的性命。在经历过启蒙运动并提倡个性解放、婚姻自由的欧洲，如此粗暴地干涉年轻人的爱情被认为是极不道德的。此事引起当时许多著名音乐家的不满和谴责。肖邦和门德尔松指责维克做得太过分，不通情理。李斯特原来和维克是朋友，由于反感维克粗暴干涉舒曼和克拉拉的婚事，最后与维克绝交。

尽管那么多著名音乐家支持这对年轻人，克拉拉也一次次央求父亲同意这门婚事，但结果却一次次失败。等待、央求、调解无效，最后他们决定诉诸法律，经过长久的诉讼，经历漫长的等待，法院最终裁决这对年轻人胜诉，否决了维克的异议，成全了这对情人的愿望。1840 年 9 月，在莱比锡近郊，舒曼与克拉拉举行了婚礼。这一年新娘 21 岁，新郎 30 岁。他们经过长时间的爱情马拉松，精心培育的爱之花终于结出幸福的果实，有情人终成眷属。

对这样的结果他们感到无比幸福，新娘克拉拉在日记中这样写道："这是我一生中最美丽、最重要的日子……从现在开始，要过新的生活了，那是充满爱的生活，比自己的想象更温馨的生活。可是在我肩上，已落下更重的责任。神明一定会赐给我完满担起这些责任的力量，也会帮助我成为一个贤妻良母。"正因为他们经历了横遭干涉、备受蹂躏的苦痛，所以婚后十分珍惜这来之不易的幸福。舒曼对克拉拉说："但愿我们以后过的是诗与花的生活。像天使那样，我俩一起作曲，一起弹琴、唱歌，为人类带来快乐。"

事实确实如此，婚后，他们生活过得虽然很辛苦，但很幸福。舒曼对妻子的关怀与爱抚，随着岁月的推移，与日俱增。他们都为对方而活着，也为孩子们活着，更为事业活着。丈夫的创作，在风格上和妻子的个性、气质相和谐；妻子则运用最娴熟的钢琴演奏技巧，不断地演奏丈夫的作品，成为舒曼与听众之间最理想的桥梁。当妻子发觉丈夫有忧郁症和神经过敏的倾向时，她会小心翼翼地剔除生活中的烦恼，让它们远离丈夫的身边，使他心平气和，专注于创作。舒曼在婚姻生活中获得满足后，与别人的交往逐渐减少了，完全沉浸在家庭的幸福和音乐创作中。婚后生活的快乐和幸福，对舒曼的艺术进步，产生了强烈的影响。他最优秀的作品，以及全部巨作，几乎都完成于 1840 年至 1845 年之间。如声乐套曲《妇女的生活与爱情》和《诗人之恋》就写于他和克拉拉婚后不久，当然，还包括 4 部交响曲和 3 部协奏曲。不能不说这是爱情的力量。

舒曼曾向门德尔松表示过，自己的爱妻乃是“神的恩赐”。在乐坛上，由舒曼作曲并亲自指导演出，妻子克拉拉在键盘上，能传神地表达出丈夫全部的音乐灵魂，征服一批又一批狂热听众的心，使他们得到艺术美的享受。他们 14 年的夫妻生活，堪称乐坛情侣的典范，被世人传为佳话。特别是克拉拉的高贵人格，人们无不交口称赞。

由于天生的神经质，加上婚前感情的折磨，1854 年，敏感、脆弱，被幻想笼罩灵魂的舒曼精神病发作并日趋严重。先是投莱茵河自杀被救，尔后于 1856 年 7 月 23 日在精神病院中死于爱妻克拉拉的怀抱里，年仅 46 岁。

舒曼逝世后，克拉拉作为德国乐坛上享有盛誉的女钢琴家，利用各种音乐会，向世人介绍舒曼的钢琴作品。她在长达 40 年的寡居生活中，义无反顾地致力于传播与普及丈夫的作品，使舒曼的音乐作品在世界各地得以长久地流传。自始至终，她是舒曼音乐作品最忠实、最热心的介绍者，最聪慧、最出色的演绎者，并独自一人把舒曼去世后遗留下来的 7 个子女(生了 8 个,夭折 1 个)培养成人。无论是作为钢琴家还是妻子、母亲,抑或是事业上的搭档,克拉拉都是最出色的。

1896 年,克拉拉因病逝世,享年 77 岁。后来,德国的邮票、钱币上都有这位伟大女性的肖像。

一生的守候

当一些时尚的少男少女们将爱情当作随口哼哼的流行歌曲或肥皂剧中廉价的眼泪，甚至是含在嘴里嚼嚼吐吐的口香糖时，我却被这样一段故事深深感动着，于是，这个人就随同他的音乐，一起走进了我的心田。

在欧洲音乐史上与巴赫、贝多芬并称为“三 B”的勃拉姆斯(1833—1897)，是浪漫主义时代最后的“古典主义者”。其音乐风格一如他的性格，凝滞、晦涩、庄重、内敛、节制。他的音乐不像莫扎特、舒曼、肖邦、柴可夫斯基般浪漫煽情，直抒胸臆。相反，他的音乐如老树似的盘根错节，咖啡似的苦涩难咽，细品之下有余香。他从贝多芬那里继承了对命运思考的主题，他对命运有深刻而独到的见解，这种见解又通过他的音乐，哲理性、史诗般地凸现出来。

勃拉姆斯给我的感动不是突如其来的，它淡淡地、沉沉地、缓缓地弥散开来，却是恒久，一点一滴地渗透到我的灵魂中来。正如他的人生，默默地活着，苦苦地爱着，不事张扬，含而不露，他走的是一段长长的充满啜泣的而又一直保持着坚强外表的心路历程，呈现的是流血流泪咬牙向前孤独行走的姿态。

勃拉姆斯在 20 岁那年，拜见了长他一辈的音乐家舒曼，舒曼非常欣赏勃拉姆斯的才华，从此，两人结下了深厚的友谊。在舒曼家中，风华正茂的勃拉姆斯遇上了一位可遇不可求的才女——舒曼的妻子、钢琴家克拉拉。他对克拉拉一见钟情，但这注定是一份可望而不可即的无果之爱，勃拉姆斯注定是这场柏拉图式的马拉松爱情的悲剧人物。谁都知道，舒曼与克拉拉之间的爱情来之不易，经历了长达八年的恋爱最终修成正果。谁都知道，舒曼与克拉拉之间的感情坚如磐石，舒曼46岁得精神病去世，克拉拉为他终身守寡。谁也不希望在舒曼生前，有勃拉姆斯掺和进来打破他们“诗与花的美好生活”。谁都希望在舒曼去世后，克拉拉能够接纳勃拉姆斯这位一往情深的痴情汉。可是，事情并非如人们所想象的那样称心如意。

过去，人们一直把勃拉姆斯的终生独身、离群索居，归结于他的自恋情结。现在我终于明白，原来勃拉姆斯的精神世界里还有一个克拉拉——一位伟大的女性。

读肖复兴的《勃拉姆斯笔记》，让我唏嘘不已。这个大胡子德国佬，这个执着的单恋者，这个心灵遭受重创的落魄汉，苦苦地爱着比自己大14岁，身为7个孩子母亲的克拉拉，他竭力克制，至死未越雷池半步，死死地维护着舒曼和克拉拉的美好感情。他把对克拉拉的爱转化为对病中舒曼的悉心照料和对他们孩子的无私帮助。舒曼去世后，勃拉姆斯不遗余力地帮助克拉拉传播舒曼的音乐艺术，他有40年的机会可以向克拉拉求爱，但他没有，他把感情像矿藏一样深埋。因为克拉拉是他恩师的遗孀。内向、深沉的勃拉姆斯只有将炽热的感情蕴蓄在心底，从20岁到63岁，从仪表堂堂的英俊青年到白发苍苍的孤寡老头，勃拉姆斯忍受了多少爱的折磨和煎熬，这份情世间谁能估量？克拉拉可曾知晓？也许，这一切克拉拉早已心知肚明，她又何尝不心动，可是，她却不想拖累前途无量的年轻人，也不想辜负死去的丈夫。也许，克拉拉觉得和勃拉姆斯保持纯洁的友情比爱情更自然、更可贵、更高尚、更完美。就这样，克拉拉终生守寡，至死不渝；勃拉姆斯痴心不改，独守终身。但在他的精神世界里，他是拥有克拉拉的，他曾这样一往情深地说：“我最美好的旋律都来自克拉拉。”

克拉拉于1896年5月在法兰克福去世，勃拉姆斯闻讯匆匆从异地赶回为克拉拉送葬。据说，在克拉拉墓前，勃拉姆斯独自一人为先他而去的心上人拉了一首小提琴曲。可以想象，那是多么感人的场面，猎猎风吹，悠悠琴响，生死相随，柔肠寸断。据说这小提琴曲的琴谱现已无从考证，也许此曲只应天上有吧。这段插曲或许是文学家们杜撰的，但我还是宁可信其有。音乐史上有据可考的倒是勃拉姆斯的《四首最严肃的歌》，它真的是献给克拉拉的生日礼物。勃拉姆斯在写给克拉拉女儿玛丽亚的信中说："请您把它作为一件祭品献给您的母亲吧。"

在克拉拉去世一年后，上苍也安排了勃拉姆斯随之而去，似乎冥冥中有个约定。不知在天国里是否有爱神相助为勃拉姆斯圆梦？"问世间情为何物，直教人生死相许。"

隐藏在花丛中的大炮

关于肖邦的音乐，舒曼曾形象地喻之为“隐藏在花丛中的大炮”。

有着“钢琴诗人”之称的肖邦，外表柔弱，举止文雅，气质高贵，多愁善感，在欧洲男人中属于典型的绅士。他的音乐也是如此，柔美抒情，精致典雅，含蓄蕴藉，优雅地伤感着，有着罗曼蒂克情调，但又柔中带刚，激情在内心涌动而不咄咄逼人，即使是暴风骤雨，也被温柔的表面掩盖起来。有人称之为“温柔的战曲”。他在巴黎上流社会的文艺沙龙里，很快迷倒了一大片听众。肖复兴说，肖邦的音乐是伤感和梦幻交织在一起的，他把乡愁和情殇融合在他的旋律中。肖邦将钢琴当成心灵独白的工具，当成他身体的一部分，尽情挥洒他的才情，各种体裁的乐曲源源不断地从他的指端流泻出来，波兰舞曲、玛祖卡舞曲、圆舞曲、波洛涅兹舞曲、夜曲、叙事曲、幻想曲、即兴曲、前奏曲、谐谑曲、船歌、摇篮曲、练习曲、奏鸣曲……没有一种体裁不被他发挥到极致。而且他一生只沉湎于钢琴这一种乐器，心无旁骛，这在音乐史上是独一无二的。他整天在钢琴上自言自语，倾诉着他内心的苦闷和无奈，表达着祖国沦陷后作为一个异乡漂泊者心灵的痛楚。这很容易使人想起南唐李后主的“小楼昨夜又东风，故国不堪回首月明中……问君能有几多愁，恰似一江春水向东流。”强烈的爱国情愫是肖邦钢琴音乐的灵魂。

19 世纪的巴黎是艺术家的天堂，天才们在这里汇聚一堂。肖邦在巴黎结交了很多名人，如音乐家李斯特、舒曼、门德尔松、柏辽兹和作家乔治·桑、诗人密茨凯维支等。当然肖邦自己也成了名人，成了上流社会受欢迎的明星。但很快肖邦对此感到厌倦，他在日记中说：“一切晚会、舞会、音乐会，都使我感到厌倦，我周围是这样的悲哀、忧郁、孤独，我不能随我的心意行动，我不得不打扮、装饰自己，在沙龙里装出一副安详的样子，然后回到寓所在钢琴上独奏，发泄自己的苦闷。”他还说：“这里（巴黎）有最辉煌的奢侈，有最下等的卑污，有最伟大的慈悲，有最大的罪恶；每一个行动和言语都与花柳有关；喊叫、叫嚣、隆隆声和污秽多到不可想象的程度，使你在这个天堂里茫然不知所措……”但是，厌倦归厌倦，肖邦还是融入了上流社会。肖邦生活在矛盾之中，一方面，他倾心艺术，渴望成功，爱慕虚荣，希望被上流社会所接受；另一方面，他思念祖国，憎恶堕落，希望自己的祖国摆脱沙俄的统治，甚至想回到华沙与朋友们一起并肩战斗。但优柔寡断、弱不禁风的他怎么可能上战场，他所能做的只是以钢琴为武器，在异国他乡表达他忧国忧民的思想，在浪漫的外衣包裹下流露出骨子里的傲气和不屈的抗争。

肖邦的骨子里有着强烈的故土情结。1830 年 11 月 12 日，肖邦离开华沙去往维也纳和巴黎。虽然此后他再也没有回过自己的祖国，但他的心从来没有离开过波兰。临走之时，他带走了一杯故乡的泥土，这杯泥土一直跟随了他 19 年，直至客死他乡被倒进他的墓地里。临终时他还嘱咐亲人，把他的心脏运回自己的祖国——波兰。1831 年 9 月，肖邦听到华沙起义失败的消息，悲愤不已，写下了《C 小调革命练习曲》。他把痛苦的呐喊、愤怒的抗争、悲壮的激情全部倾泻在这首练习曲中。正如他在日记中所写的：“我时时向着钢琴痛哭流泪，上帝啊！请掀翻这片大地，毁灭这个世界吧！”不仅仅是这一首《C 小调革命练习曲》，肖邦还在其他钢琴作品中表现出对祖国人民的深切怀念和对民族独立的强烈愿望。如《A 大调“军队”波兰舞曲》《降 A 大调“英雄”波洛涅兹》《G 大调第一叙事曲》等，都有着鲜明的英雄性格和战斗热情。当然也包括一些玛祖卡舞曲、谐谑曲，甚至是夜曲，这些曲子里都隐藏着热爱自由，渴望民族独立的不屈精神和强烈的爱国情怀。

谈肖邦不能不提与他相好了10年的情人乔治·桑，那场爱情对肖邦的生活和创作产生了莫大的影响。

乔治·桑是19世纪法国文坛上名噪一时的作家。她放荡不羁，特立独行，随心所欲，我行我素，喜欢吸烟和女扮男装，有着男人一般的性格。这与肖邦正好相反，肖邦举止优雅，孤芳自赏，优柔寡断，多愁善感，反感吸烟，注意穿着打扮，出门常戴着白手套，有着女人一般的性格。在巴黎的艺术沙龙里，乔治·桑第一次见到肖邦便被他吸引了，她惊叹："这个天使是从哪里来的?"而肖邦对乔治·桑的第一印象并不好，他直言不讳："我并不喜欢那个女人，有些地方总是使我不舒服。究竟她是否真的是女人，实在令人怀疑。总之，她给我很不愉快的印象。"这两个性格完全相反的人是怎么走到一起的呢？或许是性别的倒错，或许是性格的互补，或许乔治·桑的攻势太猛烈，肖邦一时抵挡不住，被"女汉子"乔治·桑"俘虏"了。当然，乔治·桑对肖邦"大姐姐般"（比肖邦大6岁）无微不至的关怀确实令人感动。1838年秋天，肖邦生了一场大病，几乎耗去一半生命。乔治·桑决定陪伴肖邦去位于地中海的巴利阿里群岛治病和疗养。那里温暖的气候和湿润的空气，对治疗肖邦的肺病大有益处。

肖邦在岛上治病期间，乔治·桑从来没有离开过他。她一心一意照顾他，像母亲呵护孩子那样，她对肖邦宠爱有加，体贴入微。肖邦是个很难服侍的病人，他需要照顾，但又不能忍受自己被人照顾。在他失眠的夜里，乔治·桑既不能靠近干扰他，也不能离开罔顾他。她在他的病榻旁写作，听得见他的呼吸咳嗽声才安心，又尽量不出声影响他。乔治·桑几近扮演保姆、情人和母亲的角色。肖邦一生中最幸福的时光，都集中在这一时期。乔治·桑的爱让他心中燃起了生命之火，并大放异彩，创作灵感接踵而至。地中海碧波荡漾，海风和煦，马约卡岛风光旖旎，温暖恬静。肖邦贪婪地呼吸着这儿的新鲜空气，爱情的欢愉给肖邦的生命注入了新的活力，也激发了他的创作热情。肖邦在与乔治·

桑共浴爱河时写出了大量传世佳作。

或许乔治·桑只适合做情人，不适合做妻子，她同文学艺术界的男人们来往密切，行为不检点，引起肖邦的不快。肖邦开始设法避开，或视而不见，但时间一长，他想躲也躲不开。肖邦是个循规蹈矩的人，风流成性的乔治·桑使他的自尊心受到了严重伤害。于是，他们之间的冲突、摩擦不断产生，并导致最后的彻底决裂，分道扬镳。

与乔治·桑分手后不久，肖邦病情日益加重，经受身体和感情双重打击的他于1849年10月17日与世长辞，终年39岁。在肖邦的葬礼上，巴黎第一流的演奏家演奏了他的《葬礼进行曲》和莫扎特的《安魂曲》。

悲怆的人生 悲怆的交响

据说，天鹅只有在临死前才会曼声长歌，其歌声凄美无比。于是，人们常把作曲家临终前的绝笔之作称为“天鹅之歌”。音乐史上，柴可夫斯基的《第六（悲怆）交响曲》就堪称“天鹅之歌”。

我一直不明白，死亡在莫扎特、贝多芬、舒伯特、布鲁克纳、勃拉姆斯、柴可夫斯基、马勒这些作曲家笔下怎么成了美妙绝伦、感天动地的交响，莫非那一刻他们已经听到了天堂的召唤，为自己预先作好挽歌。就如即将离世的天鹅，在生命的最后时刻把心中最动人的歌声留下，那是一曲用生命凝成的至美华章。

《悲怆交响曲》创作于1893年，是柴可夫斯基自认为最满意的交响曲。一般而言，作曲家生前的最后一部作品往往是扛鼎力作。柴可夫斯基在给友人的信中说：“这部交响曲和莫扎特的《安魂曲》十分相似。”或许作者在写这部作品的时候就已经想到了自己来日无多。与莫扎特写《安魂曲》一样，这部交响曲竟也成了他的绝唱，成了作曲家自己人生的挽歌。柴可夫斯基是个多愁善感、体察人生细致入微的人，俄罗斯式的深沉忧伤是柴可夫斯基音乐的永恒主题。

柴可夫斯基在《悲怆交响曲》中，洞悉了世事的纷繁与无常，人生的困惑与无奈，深刻地写出了人生的苦难、哀痛和幻灭，然而又不时对幸福抱有幻想和憧憬。他没有真正地绝望，而是对生活采取积极的态度。我们在听到第一乐章里一段哀怨的旋律后，柴可夫斯基立即用亢奋和激越的旋律来表达内心对光明的追求，整个乐曲时不时出现一段段华彩乐章。我们能够理解柴可夫斯基生活在残暴黑暗的帝俄时期，有一种压抑的心情，内心深处长期陷入苦闷、彷徨之中，还有梅克夫人给他带来失去爱情依托的痛苦。这种情绪的发生似乎与贝多芬的《悲怆奏鸣曲》主题有极为相似之处。面对命运的磨难，有人坚强不屈抗争到底，有人失去抗争的勇气而倒下，还有人将自己的苦难化作洒向人间的美。柴可夫斯基显然属于后者。

《悲怆交响曲》是典型的四乐章交响曲，充满了戏剧性的冲突和转折，是一个阅尽沧桑、看破尘世的人对生与死的彻底参悟。

第一乐章是在淡淡的忧伤中开始表达乐思的，低音提琴低回引路，大管如同呻吟般轻声道出主旋律。小提琴加了弱音器，一路叹息着前行。第一主题在长笛的呜咽和单簧管与提琴的对答中反反复复，然后长号也加入进来，在忽然出现的一个高潮后又复归寂静。这个主题犹如一位饱经风霜、孤寂苦闷的老人在长吁短叹，向人们倾诉他在人生道路上历经的辛酸往事。第二主题以极其抒情的行板奏出美丽而忧伤，甜蜜而温暖，柔肠百转的下行歌唱性旋律，这一主题正如作者所言："仿佛又呼吸到老家的清新空气，听到亲人熟悉的声音。"这种柴可夫斯基所特有的缠绵悠长、如泣如诉的旋律，足以使人如痴如醉，黯然心碎。接着，乐曲陡然一变，把老人从温存的回忆带到残酷的现实中来。乐曲的旋律从悲壮的呼喊变成凄楚动人的歌吟，最后变成绝望的哭泣，仿佛死神正在步步逼近。

第二乐章梦幻般地出现了一个盛大的舞会，舞曲的旋律轻盈、柔美、欢快、活泼。温柔的快板乐章仿佛告诉人们，人生的快乐和希望又回来了。是的，谁不希望生活无忧无虑、幸福快乐、多姿多彩？作者曾经幻想过美好的未来，追求过爱情的幸福，憧憬过人生的理想。可是，这一切对他而言是一个不切实际的奢想，他只是带着一种彷徨不安的凄楚心情像个旁观者般短暂地漫步在繁华的舞会上。

第三乐章中，作者追溯起生活中的往事，这些回忆是片段的，零散的，有青春的朝气，有奋斗的足迹，有战斗的激情，有彷徨的困惑，有幸福的憧憬，有爱情的甜蜜，有成功的欢愉，有失败的痛苦……生活是五光十色的，作者的心情也是错综复杂的，各种矛盾纠结在一起，真是“剪不断，理还乱”。

第四乐章通常是热烈、欢腾的快板，可是这部交响曲却一反常规，它是一个速度缓慢的乐章，如同一首悲伤的挽歌。在残酷的现实中，作者的理想幻灭了，他在绝望中哭泣，他在哭泣中走向死亡，他提前为自己安排好了安魂仪式。随着一声肃杀的锣响，音乐在一片悲凉中结束。

柴可夫斯基在作《悲怆交响曲》时常常情不自禁地淌下眼泪。是的，先感动自己，然后才能感动别人。柴可夫斯基的音乐之所以有人间烟火气，在于他不是神，不近圣，完完全全是一个充满各种缺点的普通人。他的音乐具有明显的悲悯情怀与宿命色彩，以悲剧的方式表达了普通人的不幸和苦闷，又有知识分子崇高深刻的内省。若说贝多芬的音乐令我们从苦难中奋起反抗，柴可夫斯基却和我们一起痛苦，一齐恸哭。人必有一死，但在柴可夫斯基那里，死也如此唯美。在这样一个对美有体验天赋与表达天赋的人那里，接受死亡的宿命不过是一种对不堪承受的浊世的解脱，是对那柏拉图式的“爱”的最高存在的一种谦卑的、一往情深的证明。

柴可夫斯基的晚年是在不平静的环境中度过的。19世纪末，俄国的社会就像一座即将爆发的火山。帝俄已经像一个病入膏肓、苟延残喘的垂暮老人。沙皇为了做最后的挣扎，对人民群众进行了最残酷最野蛮的镇压。在这黎明前的黑暗时刻，柴可夫斯基感到窒息，他对自己祖国的前途无比担忧，他对沙皇的腐朽统治表示强烈的不满。但是，他毕竟不是政治家，更不是革命者，在这旧制度即将崩溃、社会变革风起云涌的动荡年代里，由于阶级的局限，他看不到革命的前途。他曾天真地幻想出现一个好沙皇来拯救俄罗斯，但严酷的现实又使他的幻想破灭。所以，柴可夫斯基晚年的心情一直处于悲伤绝望之中。再加上在他去世前三年，与他长期保持深厚友情的梅克夫人突然以经济状况不佳为理由，断绝了与他的书信来往，中止了对他的经济资助。柴可夫斯基一直过着独身生活，到了晚年更加孤独，梅克夫人的这一举动对柴可夫斯基来说不啻是一个沉重的精神打击。随着柏拉图式爱情的破灭，柴可夫斯基的精神支柱轰然坍塌。对于像柴可夫斯基这样一个性格内向、多愁善感的音乐家来说，精神支柱倒塌便意味着生活失去了动力，人生没有了意义，悲剧也就不可避免地发生了。但悲剧也好，绝望也好，死亡也罢，到柴可夫斯基那儿全都过滤成美了。悲怆的人生酿就悲怆的交响，竟是如此动人心魄！

月光流淌

中秋夜，皓月当空，银辉洒地，洒下一地天籁。我仰望星空，踱步思量，这样的良夜，该来点音乐才是，莫辜负了这人间仙乐与良辰美景。我在唱片柜里找到德彪西的钢琴曲《月光》，放入唱盘，揿一下 PLAY 键，坐下来洗耳恭听。

乐曲一开始在弱起的上行八度音上展开乐思，徐缓的行板，委婉清幽的旋律，一连串平行三度的和声进行，营造出一种轻轻波动，缓缓起伏的月光倒映在水面上的朦胧印象。接着，一组透明、空灵的柱式和弦在高音区展开，有如“月光抚摸着树叶所产生的千百种不可名状的沙沙声”。写到这里我不禁想起钱钟书先生在谈艺术通感时所说的“月光有籁可听”。是啊，花可以红得发热，山可以绿得发冷，鸟语如丸可以抛落，月光怎么就不可以有籁可听呢？绘画、摄影艺术可以将月光定格在画面上，而音乐则可以使月光流动在有声的乐韵上。于是，我们有了聆听月光的可能。

月光是朦胧的，音乐也是朦胧的，冥冥中作者将月光下的情思和幻想融进音乐里去了。听这音乐有“小园香径独徘徊”的味道，又恰似“风乍起，吹皱一池秋水”，激起阵阵涟漪。真是人也惆怅，乐也惆怅，月亮仙子也为之动容。莫非彼时作者触景生情，月下思故人，“多少蓬莱旧事，空回首，烟霭纷纷”，一股淡淡的乡愁挥之不去。随后，速度稍稍加快，流动的琶音，犹如月光流淌，流畅而舒展。正如意大利音乐评论家加蒂在评论这首作品时说的那样：“那上行琶音是如此轻盈，犹如向天空喷涌的清泉，然后在主属音的交替中恢复平静，主题在这一背景中延伸扩展，宽广而富有表情。”亦如美国音乐评论家弗兰克·道斯在介绍《月光》时所说的：“乐曲一开始有着静寂、怡人的意境，头八小节以极缓慢的速度向下动，宛如悬在半空一样，这种富有象征性的下行进行，令人感到柔和的光影是来自月光的辐射。”

艺术中，朦胧是一种绝妙的意象。自然中亦有许多朦朦胧胧、模模糊糊的景象，如烟雨西湖、云遮黄山、灞桥烟柳、海市蜃楼、雾罩楼台、月照花林等，置身其中，令人情醉心迷，浮想联翩。

印象派音乐向来以光怪陆离的音乐色彩，变幻莫测的和声，扑朔迷离的音乐语言和象征、朦胧、隐晦的手法表现大自然的瞬间印象和内心的梦幻世界，令人难以捉摸。德彪西在创作此曲时还受到了同时代的法国象征派诗人魏尔伦同名诗作的影响。魏尔仑写道：“寂静的月光，忧伤而美丽，使鸟群在林中入梦，使喷泉因狂喜而啜泣……”魏尔仑的《月光》在德彪西指下委婉细致地流转着，沉浸在一种极度诗意的氛围里。印象派诗歌、绘画、音乐都追求朦胧色彩，相似的意象和格调，使不同的艺术成为近亲。

此刻，从钢琴家指端流泻出来的音韵不正是一首清澄优美的诗歌吗？“举头望明月，低头思故乡。”“露从今夜白，月是故乡明。”“明月几时有？把酒问青天。不知天上宫阙，今夕是何年。”听这样的音乐，吟这样的诗句，真的有点不知天上人间，今夕何夕了。德彪西的音乐与中国古诗词虽然相差十万八千里，但音乐的意境有无穷解读的可能，时空是无法阻隔的。傅聪把莫扎特比作李白，把贝多芬比作杜甫，把舒伯特比作陶渊明，把肖邦比作李后主，谁说不可以？

乐曲的再现段落，加上左手轻似和风、明如滚珠的分解和弦音型的衬托，仿佛在清朗的夜空中高悬着明镜似的月亮，还有那点点星光闪烁，阵阵秋风送爽，送来花香馥郁芬芳。如此美好的明月之夜，自然引发了作者的月下幽思和缕缕乡愁。乡愁是什么？乡愁是一缕月光，乡愁是一行清泪，乡愁是一杯陈酒，乡愁是一阕诗歌，乡愁是一首乐曲……千百年来，人们就这样把酒临风，翘首望天，千里明月寄相思。

听完钢琴曲《月光》，我还不过瘾，又找出了吕思清演奏的小提琴改编版《月光》来听，那泉水般清澈的流韵，水晶般明亮的音色，天鹅绒般细腻的质感，更加令人陶醉，那不绝如缕、如泣如诉的旋律加重了绵绵的愁绪。德彪西曾有一段在意大利罗马留学的经历，留学期间曾游历意大利北部的贝加摩地区，《月光》就是这一时期的结晶（《月光》为《贝加摩组曲》之第三曲）。身在异乡，面对这如水的月光，独行独坐，独唱独和还独酌的作者，与谁晤谈？唯有以琴声倾诉衷肠。《月光》与其说是写月夜之景，莫如说是写朦胧月色中的情思。

在这万籁俱寂的明月之夜，听如此孤寂、缥缈的音乐，真有“不忍登高临远，望故乡渺邈，归思难收”之感，纵然是良夜花香月满楼，怎挡得住阵阵乡愁。

索尔维格之歌

如果让我挑选世界上10首最感人的歌曲,《索尔维格之歌》一定名列其中。为什么?没有理由,就是喜欢,莫名的喜欢,喜欢还要什么理由吗?就像喜欢一个人,一见钟情,不问出身。

《索尔维格之歌》是挪威作曲家格里格为现代戏剧之父易卜生的幻想诗剧《培尔·金特》所作的一段配乐。歌曲描写一个忠贞专一、至死不渝的女人在望穿双眼地等待着她的男人回家,从新婚少妇盼到了白发老妇,几十年如一日,含情脉脉地唱着那首令人心碎的歌,歌词是这样的:

冬天早已过去,
春天不再回来,
春天不再回来,
夏天也将消逝,
一年年地等待,
一年年地等待。
但我始终深信,
你一定能回来,
你一定能回来。
我曾经答应过你,
我要忠诚地等待你,

等待着你回来。
啊，
假若你如今还活在人间，
愿上帝保佑你。
当你跪在上帝的面前，
愿上帝祝福你。
我要永远忠诚地等待你，
等待你回来。
你若已升天堂，
就在天上相见。
在天上相见。

假如你是那个被等待的男人，听到这样的歌曲，你怎会无动于衷？每次听《索尔维格之歌》，我都天真地想：是什么样的男人值得女人如此等待？那个男人一定是世界上最出色、最成功、最有魅力的男人！可是，结果出人意料，那个男人是个混蛋，一个游手好闲、玩世不恭的浪荡子弟，一个喜新厌旧、见异思迁的好色之徒。多么强烈的反差！反差越大，越同情索尔维格，越同情，就越觉得歌曲凄楚动人。

易卜生笔下的培尔·金特是个耽于幻想、放荡不羁的纨绔子弟。年轻时，喜欢冒险，一心梦想发大财，但又终日无所事事，到处惹是生非。美丽的新婚妻子索尔维格真诚地爱着他，他却不知珍惜。参加村里的婚礼时，拐走朋友的新娘，事后又将她无情地抛弃。他在山中游荡，被妖女诱惑，差点丢了性命。然后浪迹天涯数十载，流落非洲，又远涉重洋，靠贩运黑奴和走私珠宝发了大财。晚年厌倦了漂泊生活，在回家途中又遇翻船，虽然死里逃生但一贫如洗。在回家途中遇到一个魔鬼要收回他的灵魂。这时，忠贞的妻子索尔维格以爱的名义救赎了他。

这部离奇的幻想诗剧有力地抨击了那些极端利己主义者，并隐含着许多人生哲理。1875年，格里格为这部幻想诗剧创作了配乐，首演大获成功。其中感人至深的《索尔维格之歌》原用于诗剧第四幕，索尔维格在茅屋前一边纺纱，一边唱着这首歌，痴情地等待培尔·金特这位浪子的归来。《索尔维格之歌》是一首民歌风格的歌曲，采用“主歌—副歌”型的二段体结构和分节歌形式。a小调的主歌旋律优美，节奏平稳，带着淡淡的忧伤和深深的思念；A大调的副歌旋律明朗，转入三拍子的舞蹈性节奏，只唱一个“啊”字的花腔性旋律，表示索尔维格对美好未来的憧憬。两者在调式、速度、拍子、节奏和旋律特征上都形成了鲜明的对比。在《培尔·金特》组曲中，《索尔维格之歌》是最后一首曲子，作者将歌唱声部省去，改编为纯器乐曲。后来，索尔维格成了挪威人民心中理想女性的化身，忠贞爱情的象征。格里格的《索尔维格之歌》是一首既有挪威民间音乐风格又有欧洲艺术歌曲格调的雅俗共赏之作。作为一首女高音独唱的经典曲目，一百多年来经久不衰，传遍了世界各地。作曲家巧妙地将挪威和瑞典民歌因素融入其中，曲调忧伤婉转，缠绵悱恻，深受挪威人民和世界各国听众的喜爱。就像约翰·斯特劳斯的《蓝色多瑙河圆舞曲》被誉为“奥地利第二国歌”一样，格里格的《索尔维格之歌》也被誉为“挪威第二国歌”——这是对一首歌曲的最高褒奖。

在外漂泊的浪子，听一听《索尔维格之歌》吧，有一个纯情女子在含情脉脉地等待着你回家，她的歌声如泣如诉，委婉动人，充满女性的似水柔情。一个女子为爱情如此痴情地等待是何等的忠诚！纵然是铁石心肠也会被这歌声所感动。或许是身在异国他乡的培尔·金特被爱的呼唤所感应，最后叶落归根，回家在爱人的怀里安息。

吉卜赛之歌

在西方浪漫主义音乐中，吉卜赛人题材的音乐作品屡见不鲜，如比才的歌剧《卡门》，普契尼的歌剧《波西米亚人》，弗朗兹·莱哈尔的歌剧《吉卜赛人的爱情》，威廉·巴尔夫的歌剧《波西米亚女郎》，约翰·斯特劳斯的轻歌剧《吉卜赛男爵》，萨拉萨蒂的小提琴曲《流浪者之歌》，克莱斯勒的小提琴曲《吉卜赛女郎》《吉卜赛随想曲》，拉威尔的小提琴曲《茨冈》，勃拉姆斯的钢琴曲《匈牙利舞曲》、合唱组曲《吉卜赛人之歌》，舒曼的合唱曲《茨冈》，柴可夫斯基的歌曲《吉卜赛女郎之歌》，德沃夏克的歌曲《吉卜赛之歌》，李斯特的钢琴曲《匈牙利狂想曲》，柏辽兹的管弦乐曲《拉科西进行曲》，蒙蒂的小提琴曲《查尔达斯》……到处都有吉卜赛人的影子和吉卜赛音乐的灵魂，这在音乐史上是个奇特的现象。为什么欧洲的浪漫主义音乐家纷纷在不同体裁的音乐作品中表现吉卜赛人？吉卜赛人到底来自何方？吉卜赛人与音乐到底有何关系？

吉卜赛人在人们心中似乎永远是个谜，有人说吉卜赛人的历史是用音乐写就的。据考证，吉卜赛人的祖先是居住在印度北部的旁遮普一带的多姆人。大约在公元10世纪前后，多姆人踏上了迁徙流浪的旅途。13世纪左右到达伊朗、亚美尼亚、叙利亚、埃及等地，14世纪移居欧洲。经过上千年的流浪，他们渐渐成为欧洲人，并遍布世界各地。但他们没有自己的国家，也没有自己的土地，就连他们的身份界定也是模糊的，在世界各国，吉卜赛人的称呼各不相同：在英国称吉卜赛人，在法国称波西米亚人，在西班牙称弗拉明戈人，在俄罗斯称茨冈人，在阿尔巴尼亚称埃弗吉特人，在希腊称阿金加诺人，在伊朗称罗里人，在斯里兰卡称艾昆塔卡人……

千百年来，吉卜赛人一直游走在世界各国城市的边缘。在长期的流浪生涯中，他们饱受欺凌，养成了随遇而安、放浪不羁的性格。他们多才多艺，能歌善舞，热情奔放，行为富有浪漫色彩和冒险精神。他们漂泊不定，常以乞食、占卜、游牧、卖艺、补锅为生，生活在社会的底层。

吉卜赛人没有固定的居所和稳定的工作，而是以大篷车为家，以卖艺算卦为生，在一个个城市间游荡，逐渐成为世界闻名的流浪民族。他们走到哪里，就把音乐和欢乐带到哪里，尽管有许多人讨厌他们、驱逐他们，他们仍然我行我素。他们宁肯风餐露宿，四处漂泊，也不愿放弃这种世代相传的生活方式。吉卜赛人的生活是颠沛流离充满着苦难和辛酸的，但他们血液里流淌着的乐天因子又使他们随遇而安，及时行乐，今朝有酒今朝醉。

李斯特在他的《匈牙利的吉卜赛人及其音乐》一文中写道："当他们用马鬃毛去拉奏可怜的乐器，或者粗暴地、挑衅性地敲击金属琴弦的时候，我们清醒的梦想却由这些由于时光的流逝和放荡过早枯萎了的、青铜色的面孔实现了。他们总是面带顽强的微笑，双眼微红……他们总是被爱情、歌唱、舞蹈和酗酒这四种令人眩晕的因素交替地搅动得动荡不安。"李斯特还说，吉卜赛音乐那自由灵活、丰富多变的节奏，瞬息万变的音乐情绪，是其他任何地方的音乐都难以企及的。

吉卜赛女人的妖冶魅惑，我们在比才的歌剧《卡门》中已经领略过，《哈巴涅拉舞曲》中唱到："爱情像一只自由的小鸟，谁也不能驯服它，没有人能够捉住它……爱情！爱情！那爱情是个流浪儿，永远在天空自由飞翔，你不爱我，我倒要爱你，我爱上你，你要当心！"最后，卡门的风流放荡导致两个男人的决斗和自己的薄命悲剧。奥斯卡影后、歌星雪儿在《吉卜赛人，流浪汉和小偷》里唱道："我是在一辆巡回表演的大篷车上出生的，我妈妈为那些投钱的人们跳舞，爸爸则使出浑身解数传一些福音或卖几片膏药……”这情形使人想起载歌载舞的印度电影《大篷车》《流浪者》等，在吉卜赛人当中同样能够找到拉兹、丽达的身影。难怪印度人和吉卜赛人都能歌善舞，有说法称他们是同宗同祖同根同源的。吉卜赛人从来不自怨自艾，因为有音乐相伴，一如《流浪者》中的拉兹唱道：“到处流浪，到处流浪，命运唤我奔向远方，奔向远方。……命运虽如此凄惨，但我并没有一点悲伤，我一点也不知道悲伤。我忍受心中痛苦事，幸福地来歌唱，有谁能禁止我来歌唱！”

据说西班牙的民间艺术瑰宝“弗拉明戈”是由吉卜赛人创造的。大约在19世纪初，一种叫“查尔达斯”的民间舞蹈席卷欧洲大地，其始创者也是流浪于匈牙利的吉卜赛人。这种舞曲由两个部分组成，前半部分称“拉索”，速度缓慢，富于歌唱性，后半部分称“弗里斯”，速度迅疾，气氛热烈。李斯特、柏辽兹、勃拉姆斯等欧洲浪漫主义音乐家曾将“查尔达斯”广泛地运用到音乐创作中，李斯特的《匈牙利狂想曲》就具有鲜明的“查尔达斯”色彩，他还告诉人们：“吉卜赛音乐就是匈牙利音乐。”柏辽兹的《拉科西进行曲》是根据吉卜赛小提琴家比哈里的《拉科西之歌》改编的。勃拉姆斯的《匈牙利舞曲》中的主题也来自于吉卜赛音乐。

在众多的吉卜赛题材的音乐作品中，西班牙作曲家、小提琴家萨拉萨蒂的小提琴曲《吉卜赛之歌》（一译《流浪者之歌》）是最受欢迎的，也是最感人的。著名匈牙利小提琴家奥尔说：“这首乐曲以匈牙利风格的旋律为主题，是迄今所有乐曲中最光彩夺目，最值得推荐的作品之一。不论是怎样纯粹的匈牙利人，也绝作不出比萨拉萨蒂的《吉卜赛之歌》更好、更有匈牙利吉卜赛风味的作品。”

该曲共分四个部分，序奏由带有鲜明的吉卜赛调式的悲怆凄楚旋律引路，带有两个增二度音程的伤感主题，有揪心的痛楚之感，令人心碎。第二部分那起伏跌宕、如泣如诉的旋律和半音阶下行的音调，让人为吉卜赛人的悲惨命运唏嘘不已。第三部分的十六小节曲调被誉为世界上最美妙的小提琴旋律之一。那种凄婉柔美，甜里带酸，感人肺腑的绵绵哀歌，谁听了不心动？这里，吉卜赛人柔情、忧郁的一面和人们对吉卜赛人的无限同情被表达得淋漓尽致。第四部分是一个粗犷炽烈、热情奔放的快板段落，充分表现了吉卜赛人乐观开朗、狂放不羁的性格。那火山一样喷发的激情体现了吉卜赛人生活的朝气和生命的活力。

与此相提并论的另一首小提琴曲是拉威尔的《茨冈》，此曲系1924年作者为匈牙利女小提琴家耶尔里·达兰伊而作。她是小提琴大师约阿希姆的外孙女，她琴艺高超，为此拉威尔在这首乐曲中吸收了帕格尼尼的小提琴演奏技巧和匈牙利吉卜赛音乐的特点，乐曲自由的结构与不拘一格的风格，使人联想起李斯特的《匈牙利狂想曲》。一开始，小提琴奏出很长一段华彩乐章，当中运用了吉卜赛音乐的带增二度音阶，节奏的自由，快速的双音进行及晶莹的泛音，使音乐明丽、绚烂、豪放。最后，“无穷动”般的音流在乐队的烘托下迭起，犹如吉卜赛人狂热的歌舞达到了高潮。他们是那么乐观、自信，一切的苦难和不幸都在音乐中得到释放。音乐乃是治疗心灵创伤的一剂良药。是的，吉卜赛人在漂泊、迁徙的流浪生涯中从来没有向贫穷、艰难、恶劣的生活境遇低头弯腰。他们背着吉他，风尘仆仆地出现在世界的每一个角落，永不停息地演奏着，歌舞着，哪里有他们哪里就有音乐。

李斯特共创作过19首《匈牙利狂想曲》，其中完成于1847年的第2号作品，以音乐的交响性，浓厚的民间音乐色彩，热烈的气氛，辉煌的效果而著称。《匈牙利狂想曲》是采用匈牙利吉卜赛民间舞曲“查尔达斯”的素材写成的。这种舞曲以两个对比性段落为基础，第一部分为“拉索”，是一种即兴演奏的叙事史诗，有很多装饰音，速度缓慢；第二部分为“弗里斯”，是一种带有许多切分音的民间欢乐舞曲，速度迅急而气氛热烈。因此，李斯特狂想曲的特点往往是力度和速度方面逐步加紧，即从庄严的即兴性主题过渡到快速的舞曲，最后在急速的火热的高潮中结束。由于李斯特十分熟悉并热爱匈牙利民间音乐，深刻地了解它们和人民群众生活的联系，再加上他又具有高超的钢琴音乐创作、演奏技巧。因此，李斯特的《匈牙利狂想曲》是在钢琴领域反映吉卜赛人生活风情的壮丽画卷，也是浪漫主义时期匈牙利民族乐派的奠基性作品。

第三辑　流行篇

你的眼神

——听蔡琴

蔡琴的歌很清淡，清淡得如同一杯飘着清香带着一丝苦涩的绿茶，需要静下心来慢慢品味；蔡琴的歌很闲适，像邻居大嫂的絮叨，从容地编织着一张怀旧的网。

淡淡的哀伤，悠悠的愁绪，耳语般的低吟浅唱，配以散文诗般的钢琴伴奏，很适合这样一个怅惘的下午。

于是，喝着下午茶，手指随着散漫的歌声和疏朗的琴声敲击键盘的我，不经意间被这张怀旧的网网了进去。

“像天上繁星，忽现忽隐；像水面帆影，漂流不定；人生的际遇，稍纵即逝。我心向往，我心期待，我愿追寻。”(《机遇》)这样的歌适合独处时静静聆听，如沏一杯清茶慢慢品茗，如邀一性情中人话家常，听她倾诉衷肠，品味人生，以一颗平常心娓娓地用诗意的语言叙述着被岁月折叠泛黄的故事，随同她一起怀旧。蔡琴的歌声很朴实，丝毫没有刻意雕琢的成分，像跟你促膝谈心，叙旧唠嗑。与时下一些活蹦乱跳、大呼小叫、甜腻腻、嗲兮兮的所谓青春偶像派歌手完全是两路风格。作家肖复兴说蔡琴的歌适合中年人听，是的，人到中年，有如一篇散文，波澜不惊，淡泊宁静，深沉蕴藉。人到中年，肩起了岁月的重荷，尝到了生活的艰辛，就开始怀旧，追寻昨天，品味今天，展望明天，就如同这歌声将许多美好的往事勾起……

“像一阵细雨洒落我心底，那感觉如此神秘，我不禁抬起头看着你，而你并不露痕迹，虽然不言不语，叫人难忘记，那是你的眼神，明亮又美丽……”(《你的眼神》)那是谁的眼神？怎样的眼神？是欣赏的眼神，爱慕的眼神，还是怜惜的眼神？……每个人在人生的旅途中或许都遇到过令人难忘的眼神，每个人的心中或许都珍藏着这样的眼神，那眼神就像一盏明灯，照亮生命之旅。歌声轻松地将时光积下的尘埃抖落，在无可奈何的伤感和不堪回首的怅惘中，那迷人的眼神不时浮现，如同这久违了的歌声激起你心中的阵阵涟漪。年轻人有太多的激情与梦想，有太多的得到与拥有，也就不懂得珍惜，往往将身边的美好轻易抛弃，就像随意丢弃一张糖纸、一片羽毛。随着时光的流逝，才懂得“此情可待成追忆，只是当时已惘然”。有时，一个眼神足以让你回味到老，如同一只蝴蝶偶尔飞进心灵的窗户，你得小心翼翼地将其当作一枚美丽的书签夹在生命的书页中，珍藏一世，玩味一生。

“多少事消逝如风，追寻也无踪；相对默默，欲言无从，意在不言中；两心相同，回忆无穷，互相一句珍重。”(《重相逢》)某年某月的某一天，你我邂逅在风尘中，相顾无言，两情相悦，却又无缘牵手，彼此走远，留下的只是一个安详的背影和永恒的思念。在漫长的人生路上或许有那么一刻，只是一个回眸，一个颔首，一个羞赧，就足够你回味到老。你知道怀旧的分量有多重？去听听蔡琴的歌吧。忆不尽的往事如烟，道不明的悲欢离合，品不够的酸甜苦辣，全在蔡琴深沉而淳朴的歌喉里。

蔡琴以她独有的温婉中音，毫不做作地演绎着中年人的怀旧情怀。她唱的都是些老歌，似曾相识却记忆模糊，教人重提往事，却又理不清思绪。这种滋味，如同开启一坛陈年佳酿，未饮心已先醇。年轻人没有经受过岁月的历练，也就不懂得怀旧，不喜欢深沉，不欣赏蕴藉。所以，年轻人喜欢喝啤酒、嚼口香糖，喜欢浪漫的闪电式爱情，而那些泡泡一吹就破，经不住时间的考验。

“昨夜有盏明灯照亮我的旅程,今夕不知何夕唯我默默独行。回首万家灯火,依旧闪耀晶莹,昨日之灯何在,茫茫无处追寻……”(《昨日之灯》)明明知道无处追寻,却还在苦苦追寻,人有时候会莫名地在自己的心灵深处寻找失去的什么。就如同寻找一盏昨夜之灯,亦真亦幻、悲欢离合的往事里蕴藏着几多无言的告白;悠悠岁月、漫漫长路中酝酿着多少从容又平常的故事。这一切都在蔡琴那丝丝缕缕的歌声中一一抖落。我只是无意中捡拾起一片怀旧的落叶……

牵　手

听苏芮的《牵手》,感觉有点特别,“因为爱着你的爱,因为梦着你的梦,所以悲伤着你的悲伤,幸福着你的幸福。因为路过你的路,因为苦过你的苦,所以快乐着你的快乐,追逐着你的追逐……”这有点类似于语文中的遣词造句游戏,通篇的“因为……所以……”重叠着,纠缠着,并列着,层层推进,并且动词与名词或形容词在不停地交叉转换。我不知道这种遣词造句属于汉语写作中的何种修辞手法,然而这种看似单调的造句法,其实是十分高明的,虽然道不清它到底妙在何处,但在困惑不解中我们就会被苏芮的歌声牵走了。这种感觉犹如初恋,爱是不需要理由的。一如初听苏芮那纯朴、沉稳,略带苍凉的歌声,它给我的感动同样是莫名的。这种音色在学院派的声乐课上是难觅的,跟美声抑或民族的感觉相去甚远,但很迷人,有一种自然的亲和力与沧桑感。在港台早期流行歌手中,我最喜欢实力派唱将苏芮。我不知道喜欢《牵手》是缘于歌曲中关于爱情的执着表达,还是苏芮那与众不同的歌喉,或许两者都是吧。

《牵手》的歌词作者是个语言高手,汉语的张力被其发挥到了极致。貌似单调的叠词叠句营造了丰富深邃的意境,“悲伤着你的悲伤,幸福着你的幸福”,爱情到了这份上,自然就要“牵手”了。“所以牵了手的手,来生还要一起走,所以有了伴的路,没有岁月可回头。”一切都是那么顺其自然,水到渠成。

《牵手》的歌词妙就妙在反反复复的词性转换,同样的词既可以当名词，又可以当动词，当形容词，有多重的含义，一层又一层的排比展开后，使人感觉到语言的无穷魅力，蕴藏在歌词背后的执着追求与爱情魔力才淋漓尽致地得以展现。音乐开头很低调，似耳语，似独白，似倾诉，在低沉忧伤的旋律中层层铺展乐思，在毅然决然的爱情表白中吐露真情，意味深长地道出爱的真谛，一股爱的温馨气息扑面而来。音乐后半部分上扬，似乎在呼唤人间真爱，表达爱的箴言。在苏芮娓娓动人的歌声里，我不由自主地想起了古老的《诗经》中的句子"死生契阔，与子成说。执子之手，与子偕老"。对爱人用"牵手"这个称呼，是最自然、贴切的了。

民歌《走西口》中这样唱道："哥哥你走西口，小妹妹我实在难留，手拉着哥哥的手，送哥送到大门口。"这里的拉手意味着什么？拉手是爱的无言表达，拉手是不舍的象征，而拉手之后又要放手，等到放手时才知道牵手的不易，放手后就是一别千里，人各天涯，独守着一份无言的牵挂。执手相看泪眼，竟无语凝噎，那是多么辛酸的场面。剪不断，理还乱；两地相思，鸿雁传书；才下眉头，却上心头……这是牵手之后分手的人才能体味到的离别之痛。沉浸在爱情幸福中的人们谁不希望"执子之手，与子偕老"？但是，人有悲欢离合，月有阴晴圆缺，此事古难全。

据说，"牵手"这一称呼源于高山族平浦人。平浦人是母系家庭制度，嫁娶都由男女青年自己挑选，自由组合。女孩长大后，父母就给她建一间房子，让她单独居住。到了适婚年龄，姑娘天天把自己打扮得花枝招展，男孩一旦相中了意中人，便以芍药或白玉兰等带有象征意义的花赠给女方。女孩如果中意，便将男方迎入闺房中同居，怀孕后牵着丈夫的手去禀告父母双亲，请求"承认"。据《凤山县志》载："男女千山间弹嘴琴吹鼻箫，歌唱相和意相投，各以佩物相赠。告父母……名曰牵手。"（余杰，《火与冰　一个北大怪才的抽屉文学》）

人类居然也可以这样相爱，不计贫富贵贱，不讲门当户对，没有媒妁之言，除却功名利禄，只为两情相悦，单纯得只剩下"牵手"二字，多好。其实，这才是爱的初衷，爱的真谛。那些被金钱利诱玷污了的爱情不是真正的爱情。要知道爱有多真，情有多重，听一听苏芮的《牵手》，看一看落日余晖的小径上互相搀扶着散步的那一对白发老人吧。

天　路

2006年7月1日，青藏铁路全线通车，人类又一个奇迹诞生。与此同时，一曲《天路》伴随巨龙腾飞，穿越巍巍群山，传遍神州大地。韩红那高亢、豪放的歌声，带我们走进那条神奇的天路，引领我们神游那片离天最近的雪域高原。在流行歌曲创作中，藏族元素似乎是成功的助推剂，《青藏高原》《走进西藏》《珠穆朗玛》《阿姐鼓》《天路》《在那东山顶上》……一首首脍炙人口的歌曲都与西藏结缘，这成了歌坛的一个奇特现象。《天路》既有藏族的元素，又有时代的气息，词好，曲好，唱得好，再加上西部大开发，青藏铁路通车的背景，以及中央电视台连续滚动播出，天时、地利、人和一样也不缺，想不成功都难。

《天路》始创于2001年青藏铁路开工之际。词作家屈塬在报纸上看到一篇题为《青藏铁路揭秘》的通讯时，创作热情又被激发了出来。曾创作过《西部放歌》的屈塬和印青是一对词曲创作黄金搭档，在歌曲创作上经常心有灵犀配合默契。这次他们一拍即合，又开始了新的合作。青藏铁路是新世纪开发大西部战略的标志性工程，举世瞩目。作为军旅艺术家，他们知道，10万大军为建造世界上最高最长的高原铁路曾奋力拼搏，这是载入史册的壮举。为时代讴歌，为人民讴歌，为英雄讴歌，是文艺工作者的神圣使命，他们深入施工现场采访筑路大军和藏族同胞，深切地感受到这是一条带领藏族人民走向富裕、走向人间天堂的幸福之路。

《天路》歌词以普通人的视觉切入，以藏族同胞眼前所见的具象起笔，“清晨我站在青青的牧场，看到神鹰披着那霞光，像一片祥云飞过蓝天，为藏家儿女带来吉祥。黄昏我站在高高的山冈，看到铁路修到我家乡。一条条巨龙翻山越岭，为雪域高原送来安康……”第一人称叙事式的歌词里时间、地点、人物、景色、动态、画面，一应俱全，文字传递的信息，如此气韵生动形象丰满。歌曲创作有了歌词只是完成了一半，还要由作曲家插上音乐的翅膀。印青说：“拿到歌词后，我的旋律如泉奔涌顺势而发，几乎没有遭遇任何阻碍，写得特别顺畅。”歌曲第一稿歌名为《高原幸福路》，在修改过程中，他们又将主题进行发展：“那是一条神奇的天路，把祖国的温暖送到边疆。从此山不再高路不再漫长，各族儿女欢聚一堂……”将青藏铁路喻为“神奇的天路”，可谓神来之笔画龙点睛，点出青藏铁路象征着一个人间奇迹的诞生。“各族儿女欢聚一堂”又彰显了民族团结和祖国大家庭的温暖。这样，歌曲的立意就提升了。于是，这首歌又定名为《天路》。诚如作者所言：“我们常年生活在内地平原的人，仰望平均海拔 4000 多米的铁道线，那真是一条在天上行走的漫漫长路，从人间通往天堂的一条秘境之路。”这条世界上海拔最高、冻土路程最长、技术难度最大的高原铁路，这条被沿线各族人民誉为团结线、运输线、幸福线、生命线的飞驰在世界屋脊的铁路，不正是一条天堑变通途的“天路”吗？

《天路》旋律优美，民族特色鲜明，富有时代气息，音乐素材简约凝练。作曲家汲取藏族民间音乐素材，并未照搬套用藏族民歌旋律，而是巧妙化用，将骨干音调的高低长短重新排列组合，在配器上又有流行风格，听上去新颖别致。歌曲为二段体结构，4/4 拍子，羽调式，中速稍慢。A 段首句由全曲最低的羽调式主音 la 起唱，以第一人称徐缓平静地把眼前看到的景象娓娓唱出，极富现场感，起承转合四句体结构的乐段重复了两遍。A 段终结与起始在同一高度，舒缓悠扬的旋律，表达出一种蓄势待发的情感，为 B 段的发展做了充分的铺垫。B 段副歌部分是全曲的核心和高潮。经过一个 2/4 拍子的短暂过渡，音乐直接切入主题，冲向制高点，犹如列车直冲云霄驶向了世界屋脊。“那是一条神奇的天路(吔)……”印青的处理犹如神山奇峰拔地而起，从低音到高音的过渡顺畅自然，最高音恰好出现在“天”字上，高潮的安排独具匠心，又不让人感觉生硬突兀，而是顺理成章水到渠成，为情感的迸发开通了宣泄的闸口。韩红的演唱富有张力，低音区亲切自然，高音区激情奔放，富有爆发力。B段和A段之间，除了音区的落差外，在节奏的安排上也有了对比。乐句之间特性音型的运用，以及句头句尾起音落音的安排，无不体现作曲家的巧妙构思。“从此山不再高路不再漫长，各族儿女欢聚一堂”，特别耐人寻味，前半句拉开与藏族民歌的距离，后半句又不露痕迹回归藏族民歌风格。这样，既有藏族的元素，又不落俗套，作曲家的深厚造诣可见一斑，令人敬佩，印青不愧为歌曲写作的高手。

《天路》自诞生以来获奖无数，全军文艺奖、五个一工程奖、金钟奖、青歌赛金奖……一首歌的成功还体现在大众的认可上，新世纪以来，《天路》是传唱最广泛、最受听众喜爱的新歌之一。屈塬、印青、韩红创造了歌坛的一个奇迹。

敢问路在何方

央视版四大名著电视剧中，主题歌都留下来了，成为电视剧鲜活的历史印记。《三国演义》主题歌《滚滚长江东逝水》深沉、大气，有历史的沧桑感；《水浒传》主题歌《好汉歌》粗犷、豪放，有侠客的豪爽气；《红楼梦》主题歌《枉凝眉》委婉、凄楚，有儿女的相思情；《西游记》主题歌《敢问路在何方》高亢、舒展，有行者的凌云志……以上皆可谓剧中主题思想之概括，音乐精华之浓缩，最能体现作曲家的创作功力。

央视版四大名著电视剧中，《西游记》拍摄得最早。30 年过去了，如今，人们只要一听到蒋大为演唱的《敢问路在何方》，眼前立马会浮现出孙悟空腾云驾雾以及唐僧师徒伴随"你挑着担，我牵着马"的歌声行走在夕阳下崇山峻岭中的画面。《敢问路在何方》已经成为《西游记》的标志性音乐，是那个时代(20 世纪 80 年代)的一个符号，一个象征，一个偶像。无论是六小龄童还是蒋大为，都在人们的记忆中刻下了一道抹不去的烙印。那时，优秀的电视剧和可供选择的电视节目频道不是太多，看《西游记》(以及稍早的《霍元甲》、稍后的《渴望》等)可谓万人空巷，只要蒋大为那高亢、嘹亮的歌声响起，人们的心便被神通广大的孙悟空牵着走了。

电视剧《西游记》的音乐开了在电视剧中电子音乐、民乐及管弦乐相结合的先河。它的音乐创作内涵丰富，旋律优美，格调清新，老少咸宜。该剧片头音乐以器乐曲形式出现，表现手法自由舒展，节奏明快，音色丰富，加之巧妙地运用电声音乐，特别是电子鼓的运用，效果逼真，扣人心弦，惟妙惟肖地表现了孙悟空机智勇敢、百变神通、叱咤风云的神气和潇洒，可谓画龙点睛之笔，给人以耳目一新的感觉。主题歌《敢问路在何方》在片尾出现，旋律高亢舒展，意境悠远深邃，与片头曲前后呼应。歌曲为二段体结构，前段舒缓深沉，后段激越昂扬，自然贴切地与电视画面契合，淋漓尽致地描绘出取经路上的艰难险阻和师徒四人百折不回的精神风貌，使人不禁为之动容。加之蒋大为的演唱为歌曲插上了“歌声的翅膀”，使之飞进千家万户，受到人们的喜爱。

“写歌主要是把一种内心感受通过歌词化成音符，它不是文字也不是图像，更不是语言能说清楚的。所以，不同的作曲家会对同一事物有不同的感受。如果写歌时首先考虑的是形式如何完美，作曲技巧和方法如何高超，那么写出来的只是一堆有规律的音符，绝不会是一首感人的好歌。”作曲家许镜清如是说。

关于主题歌的歌词创作，阎肃曾有过“山重水复疑无路”的困惑，他回忆道：看过样片之后就开始琢磨歌词腹稿，反复回味剧中情节和人物形象，特别是片头的画面：唐僧师徒四人西天取经，降魔除妖，历尽艰险，百折不回。作为大师兄的孙悟空是关键人物，他披荆斩棘，牵马开路，师父唐僧骑马在后，沙和尚挑着担子，善于倒打一耙的猪八戒跟在后头。于是，“你挑着担，我牵着马，迎来日出送走晚霞……风云雷电任叱咤，一路豪歌向天涯……”这些好似天然生成的优美文句便从他心底涌出。但刻意求新的阎肃仍觉得缺乏深度，没有灵魂。阎肃苦恼地说：当时逼得我满屋子转，居然将地毯踩出条白印来。他猛然想起鲁迅先生的“地上本没有路，走的人多了，也便成了路”的名句，瞬间蹦出“敢问路在何方，路在脚下”的“点睛之笔”。有了这句，全盘皆活。的确，《西游记》写唐僧师徒四人西天取经历经九九八十一难，接受种种考验，不正是在探险寻路吗？千里之行，始于足下，人生之路，布满荆棘，敢闯敢拼，不畏艰险，才能成就大业。歌词写好后，作曲家许镜清赋予其优美旋律，整首歌一气呵成，蒋大为唱出了《西游记》的精气神。于是一曲《敢问路在何方》就这样传遍了千家万户，成为那个时代最为流行的影视歌曲之一。

枉凝眉

电视剧《红楼梦》已经播出近30年了，人们印象最深的莫过于陈晓旭塑造的多愁善感、柔弱如水的林黛玉形象，记忆最深的莫过于陈力演唱的凄楚哀婉、如泣如诉的《枉凝眉》。尽管她们的时代都已一去不复返，但艺术是永恒的，留在人们心中的都是不朽的传世经典。

曾经有人问王立平对自己哪部作品最满意，王立平回答："电视剧《红楼梦》音乐。"王立平创作过无数影视音乐，脍炙人口的作品很多，为什么独独提电视剧《红楼梦》音乐？他为创作《红楼梦》音乐，耗时四载，青灯黄卷，阅尽《红楼梦》的各种版本和资料，在民族音乐的宝库中徜徉，力求自己的作品既要符合历史文化背景和人物性格特征，又必须是《红楼梦》独有的一种旋律。王立平凭借自己坚实丰富的艺术功力和勤奋精神，终于谱写出了他心中苦苦追寻的《红楼梦》音乐。1993年该音乐入选20世纪华人音乐经典，可谓众望所归。《红楼梦》音乐中的核心是主题歌《枉凝眉》。

作者在这首曲子中，抒写了贾宝玉与林黛玉之间真挚的爱情。他们"一个是阆苑仙葩"（喻林黛玉），"一个是美玉无瑕"（喻贾宝玉）；一个"娴静犹如花照水，行动好比风拂柳"，一个"眉梢眼角藏秀气，声音笑貌露温柔"；一个多愁善感，一个有情有义；她整天为他哭泣叹息，他整天为她牵肠挂肚；她心里只有他，他心里只有她——这不正是天造地设的一对吗？这样般配的一对有情人，能不能结合呢？作者用两个设问："若说没奇缘，今生偏又遇着他；若说有奇缘，如何心事终虚化？"惋惜而

滚滚长江东逝水

古战场狼烟四起，旌旗猎猎，鼓角争鸣……在刀光剑影、烽火硝烟中，一个个叱咤风云的英雄人物粉墨登场，一幕幕壮士逐鹿中原、波澜壮阔的画面徐徐展开……

这样的背景，这样的场面，自然需要一首大气磅礴的主题歌来开场。于是，作曲家谷建芬就以《三国演义》开篇那首明代杨慎的《临江仙》作为歌词，谱就了一曲慷慨悲壮、豪气冲天的男中音独唱《滚滚长江东逝水》，歌唱家杨洪基以他浑厚的嗓音，将那段历尽荣辱兴衰的沧桑历史演绎得慷慨激昂、气壮山河。

词的开首两句甚为豪迈、悲壮，很容易使人想到杜甫的"无边落木萧萧下，不尽长江滚滚来"和苏轼的"大江东去，浪淘尽千古风流人物"。曲调亦开阔、悠远，荡气回肠，起句在羽音上展开，句尾落在角音上，有一种大英雄功成名就后的失落、孤独感，又寓意深山隐士对名利的淡泊、轻视。以一去不返的江水比喻历史的进程，用后浪推前浪来比喻英雄叱咤风云的丰功伟绩。然而这一切终将被历史的长河卷走。"是非成败转头空"是对上两句历史现象的总结，从中也可看出作者旷达超脱的人生观。历史给人的感受是厚重、深沉的，不似单刀直入的快意，而似历尽荣辱后的沧桑。在历史的长河里，个人的成败得失算得了什么？这里的曲调也似乎是咏叹式的，休止符与装饰音的运用，增加了古诗词的韵味和音乐的苍凉感。"青山依旧在，几度夕阳红"，青山和夕阳象征着自然界和宇宙的亘古悠长，尽管历代兴亡盛衰、循环往复，但青山和夕阳都不会随之改变，面对似血的残阳，历史仿佛凝固了，音乐也在低回中徘徊。这使人想起："子在川上曰，逝者如斯夫"，岁月永恒，人生易逝，千秋伟业转瞬成空，唯东流逝水、无可撼动。

经过第一乐段最后两句旋律重复的间奏，音乐进入下阕（第二乐段）。

既然"是非成败"如过眼烟云，又何必耿耿于怀？那就托志渔樵，远离尘嚣，归隐江湖，遁迹山林，日复一日，年复一年，看惯了"江上之清风""山间之明月"，见惯了"天边云卷云舒""庭前花开花落"，与世无争，其乐无穷，何等潇洒。你看那白发的渔夫、悠然的樵汉，意趣盎然于秋月春风。"一壶浊酒喜相逢"使这隐士的孤独与苍凉有了一种安慰，故友相逢的喜悦，给这首词的宁静气氛增加了几分动感，给这首歌的凝重格调增添了几分闲趣。"一壶浊酒"显示了主客之间友谊的淡雅平和，其意本不在酒。在这些隐士高人心中，那些名垂千古的丰功伟绩只不过是人们茶余饭后、佐酒助兴的谈资，何足道哉！该歌豪放中有含蓄，高亢中有深沉。在感受苍凉悲壮的同时，又营造了一种淡泊宁静的气氛，词中高远意境就在这宁静的气氛中折射出来。全曲的高潮落在下阕的末句"古今多少事，都付笑谈中"的"笑"字上，一个"笑"字可谓全曲的点睛之笔，这是洞察世事、通晓古今、博学多识、知权达变的高士对个人的荣辱得失表现出的一种旷达与超脱。这个歌词使歌曲在豪壮中充满了一种逸士的出世色彩，有一种宠辱不惊、去留无意的潇洒。

音乐最后又落在羽音上终止。像这类羽调式的歌曲，一般给人的感觉大抵都是阳刚不足，阴柔有余，而谷建芬的这首《滚滚长江东逝水》却是慷慨激昂，气势恢宏。开篇从大处落笔，切入历史的洪流，短短的几句歌词蕴含哲理，意境深邃，从而表现出一种大彻大悟的历史观和人生观。

好汉歌

《水浒传》讲的是路见不平拔刀相助的勇气和患难相交、荣辱相守的义气。所以,《水浒传》的主题歌是"路见不平一声吼,该出手时就出手"。

赵季平作曲的《好汉歌》把水泊梁山一百零八条好汉的勇气、义气、豪气、爽气、胆气、傲气、霸气、匪气全写出来了,刘欢也唱得豪迈大气,酣畅淋漓,让人听了热血沸腾,有如喝老白干似的过瘾。

其实《好汉歌》的音乐素材来源于河南民歌《王大娘补缸》(又称《锯大缸》或《王大娘钉缸》),一首边唱边表演的民间舞歌,是"补缸人"出场时挑担走圆场唱的,唱一句走几步,每一句后面都加有衬腔(有时衬腔由合唱或乐器奏过门代替)。原本诙谐、风趣的王大娘,到赵季平手里一点化,就成了"风风火火闯九州"的绿林好汉了;原本土得掉渣,几乎被人遗忘的民歌,被赵季平一折腾,便咸鱼翻身,复活了!

"大河向东流,天上的星星参北斗"采用的是比兴手法,这类例子在中国古典诗词和民歌中不胜枚举,如"关关雎鸠,在河之洲""孔雀东南飞,五里一徘徊""高楼万丈平地起,盘龙卧虎高山顶""五谷里(那个)田苗子,唯有高粱高""五彩云霞空中飘,天上飞来金丝鸟"……看似顾左右而言他,与主题没有多少关系,实则托物言志,由眼前所见的景或物唱起,引出想要抒发的感情、歌咏的事物;或是刻意选择富有特征的事物,通过意象叠加来营造氛围,帮助表情达意。

主旋律开门见山地以八度大跳起首,这样就脱离了《王大娘补缸》

的小家子气，显得粗犷、豪放、开阔、大气。“说走咱就走哇，你有我有全都有哇”是第一乐句的完全重复。值得一提的是，合唱的帮腔“嘿嘿嘿嘿参北斗哇，生死之交一碗酒哇”“嘿嘿嘿嘿全都有哇，水里火里不回头哇”的旋律几乎完全来自《王大娘补缸》。“路见不平一声吼哇，该出手时就出手哇，风风火火闯九州哇”才是该歌的主旨。旋律也是巧妙地化用了《王大娘补缸》的曲调。“嘿呀依儿呀唉嘿唉嘿依儿呀”虽然全是衬词，但该曲的味道就在这里，是前面乐思的补充和发展。全曲一气呵成，淋漓尽致地表现了江湖好汉的豁达豪爽性格与大无畏精神。

曾经有人质疑赵季平的《好汉歌》是抄袭民歌《王大娘补缸》，并对簿公堂。对此，我不以为然。古今中外的优秀音乐家常常从民间音乐的沃土中挖掘素材，寻找灵感，发现根和源，有时抽取主要动机，有时揉碎化解变为自己的意念，有时加以改动嵌进自己的整体创作，有时貌似改动不算太多，但因作曲家的功力所在，仅此一改，便化旧为新，融入另一主题。谁都有权也都可以从民间音乐里汲取营养，这些是作曲家都知道的常识，也是音乐创作中的惯例。

《水浒传》音乐创作长达 120 多段，各种手法、各种形式、各种风格并存，并互为衬托，彼此又有内在联系，采用全奏、独奏、合唱、独唱各种表现形式构成一个整体，为渲染气氛、塑造梁山好汉各自不同的人物性格起到了关键作用。《好汉歌》就全剧整体来说，仅仅是其中的一小部分，一个主题音乐而已，就这一点讲，即便完全采用民间音乐也不为过，何况事实是作者的创作成分极其明显，已经不是简单的加工改编。赵季平说：“我的电影电视音乐作品几乎都从民间音乐汲取素材，比如《黄土地》用了陕北民歌，《红高粱》的‘妹妹曲’用了榆林地区的‘打夯歌’，《大红灯笼高高挂》用了京剧的西皮流水，《孔繁森》用的是日喀则地区的民歌‘吉祥’，《烈火金钢》则采用了河北梆子，《好汉歌》综合了山东郓城的筝曲《呀儿哟》和豫东的《锯大缸》的音乐动机。根据剧情，把当地民间音乐融入我的整体创作，这是我的特长，也是我的一贯追求。”民间音乐是音乐创作取之不尽的源泉，赵季平汲取民歌素材进行创作使其作品具有浓郁的民族风格，这也是其成功的法宝。有民族特色的东西才能受到人民群众的喜欢。

《水浒传》的音乐是成功的，随着电视连续剧《水浒传》的热播，《好汉歌》已经成为脍炙人口、家喻户晓、风靡全国的流行歌曲。

一个真实的故事

多年以前，听朱哲琴深情款款地用她那独特的嗓音演绎《一个真实的故事》，感动莫名，潸然泪下。我想，一首好歌是无须文字去解读的，它电流般地直击心扉，让你如痴如醉，梦萦魂绕。初次听这首歌是在大学毕业那年，平素不大听流行歌曲的我忽然间发现有一种特别的歌声在校园里的广播里回荡。那娓娓的诉说和悠悠的歌声，把人的思绪带到一个渺远的地方，那雪花般纷纷扬扬的芦苇丛中，一群丹顶鹤引吭高歌，它们在寻找一个女孩，一个为救一只受伤的丹顶鹤而消失在沼泽地的女孩。故事是那么凄美，歌声又是那么动人，我的心仿佛一下子被什么锐利的东西戳中，一股酸楚的汁液涌上来，把眼眶溢满。感动就这么突如其来，当时，我还不知道这首歌的歌名，只感觉一种伤感的流韵，一种空灵的歌声在心中激荡。

这是一个真实的故事，这是一曲用生命和爱心谱写的华彩乐章。故事的主人公叫徐秀娟，她从小随父亲养鹤放鹤，曾就读于东北林业大学生物系，毕业以后致力于养鹤事业。1987年，在丹顶鹤的越冬地江苏盐城，她为抢救走失的丹顶鹤牺牲了年仅23岁的生命，成为我国为珍稀动物和环境保护事业献身的第一人。人们至今仍会经常唱起以她的事迹创作的歌曲《一个真实的故事》：

走过那条小河你可曾听说
有一位女孩她曾经来过

天亮了

那是一个秋天，风儿那么缠绵
让我想起他们那双无助的眼
就在那美丽风景相伴的地方
我听到一声巨响震彻山谷
就是那个秋天，再看不到爸爸的脸
他用他的双肩托起我重生的起点
黑暗中泪水沾满了双眼
不要离开，不要伤害
我看到爸爸妈妈就这么走远
留下我在这陌生的人世间
不知道未来还会有什么风险
我想要紧紧抓住他的手
妈妈告诉我希望还会有
看到太阳出来，妈妈笑了，天亮了
……

韩红唱红了无数歌曲，我觉得她唱得最感人的还是这首《天亮了》，这是一首让人听了忍不住落泪的歌。韩红以现实生活中的真人真事为素材，并以故事的主人——小男孩潘子灏的口吻，自己作词，自己作曲，自己演唱，倾情打造了《天亮了》这首感人肺腑的歌曲。

韩红是创作型歌手，一个感人的素材对于创作者来说就是灵感的源泉。当韩红听到在贵州麻岭风景区缆车坠毁事故中，一对年轻的夫妇奋力托起两岁半的孩子这个故事时，瞬间就被感动了。有感而发、真情付出才能写出好作品，韩红动情地说："在生和死的瞬间，潘子灏的父母想到的并不是自己，他们用双手把生的希望留给了儿子，这就是无私的父母之爱。因为我从小没爸爸，我5岁的时候就失去了父亲，然后母亲又不在身边，所以父母的这种爱对我来说是遥不可及的。但是有哪个孩子不愿意有爸爸妈妈的爱？在缆车下滑即将坠地的那一瞬间，潘子灏的爸爸和妈妈把孩子举起来了，我心里觉得这是用"伟大"两个字都无法形容的壮举。这个壮举也许是出于父母的一种本能，也许是出于他们对孩子的一种爱……"爱的力量感动了韩红，她要把这种爱传递下去，通过她的歌声让更多的人知道，人世间还有一种比金钱物质，甚至比生命更重要的东西，那就是爱。

韩红的可贵之处不仅仅在于以歌声呼唤人间真情，还在于她身体力行，领养了这个可怜的孤儿。尽管韩红愿意为潘子灏付出一个未婚女性所能给予的母爱，但是，留在潘子灏幼小心灵中的创伤并没有愈合。韩红告诉人们，一次，她带子灏去当地的一个游乐场去玩，在摇摆的小木船上，韩红发现每当她摇木船超过三下时，小子灏就要下来，说那是缆车，他害怕。可见那场惨剧对一个幼小的心灵造成了多么大的伤害，突然间失去双亲的阴影是一辈子无法抹去的。韩红说，每次想到这件可怕的事情时，就特别憎恨那些利欲熏心、漠视生命的人。那次缆车坠毁，是违章设计、施工、超载酿成的公共安全事故。因此，韩红要借这首《天亮了》唤醒社会良知，尊重生命，呵护生命，珍惜生命，是《天亮了》所要表现的真正内涵。

如何将心中的震撼化为实实在在的作品，将令人震惊的惨剧通过诗化的语言、动听的旋律表达出来，是韩红面对的难题。令韩红高兴的是，这首充满悲悯情怀的歌曲成功了，得到了听众的广泛好评。她领养的孩子得到了社会各界的关爱，子灏也在电话里叫她妈妈。韩红说："他叫我的时候，我心里无比的喜悦。"韩红坦言她已经想好了，不会再要孩子，因为她觉得一个就够了，她要让子灏拥有一个充满阳光的幸福童年。也许，正是因为在惨剧中闪现的生命之光，让韩红为之震颤，为之歌，为之哭，之后她又用自己的爱心演绎了一段非同寻常的故事。正因为有了刻骨铭心的感受，有过失去父爱的童年，韩红的《天亮了》才格外情深意切、动人心扉。

天　边

网络时代，空间距离已不再成为距离。远在天边的东西，可以瞬间近在眼前。某一天，我在网上听马头琴音乐时，无意中发现一首叫《天边》的歌，优美的旋律一下子攫住了我的心。后来才知道这是以一曲《吉祥三宝》在2006年春晚一举成名的蒙古族歌手布仁巴雅尔专辑《天边》里的主打歌曲，后来包括著名男中音歌唱家廖昌永在内的众多歌手都翻唱过这首《天边》。

听着《天边》，我的思绪也飞到了天边，去追寻一个叫布仁巴雅尔的蒙古族歌手的足迹……

布仁巴雅尔出生在美丽的呼伦贝尔草原，童年时代过着游牧生活，宽广的草原给了他丰富的音乐营养。布仁从小就爱唱歌，喜欢家乡的民间音乐。18岁那年，凭着出众的音乐天赋他顺利考入呼伦贝尔盟民族艺术学校，在那里学习长调民歌和马头琴演奏。毕业后，因为种种原因，布仁改行做了电影配音和剧本翻译，后来又借调进中国国际广播电台，成为一名蒙古族语记者和主持人，唱歌成了他的业余爱好。但这个业余歌手不简单，他的音乐才华在《吉祥三宝》一歌中初试锋芒就迷倒了很多听众。《吉祥三宝》的走红，使人们对布仁巴雅尔这个蒙古族歌手刮目相看。要知道这首别具一格、充满天伦之乐的亲情歌曲，词曲全部由布仁巴雅尔自己创作，并由他们三口之家共同演绎，听过的人无不感到耳目一新。

其实，专辑《天边》问世之前，布仁的歌声和创作才华早已在朋友圈里传扬，听过他歌唱的人几乎全被他的歌声“俘虏”，许多人成为布仁的“粉丝”。在朋友们的鼓励和帮助下，布仁推出了个人专辑《天边》。这张专辑中，收录了不少蒙古族作曲家乌兰托噶的作品，如《天边》《父亲的草原母亲的河》《呼伦贝尔大草原》等具有浓郁草原风格的歌曲。这些歌曲一经推出旋即成为众多歌手争相传唱的热门流行歌曲。

布仁在北京工作了20多年，属于老“北漂”。尽管离开草原已经很长时间，但他对草原的深厚情感却没有丝毫改变，他的歌全都充满了对草原的深深眷恋之情，蒙古族风格已经自然而然地融进了他悠扬朴实的歌声中。中央电视台主持人白岩松曾发出这样的感慨：“布仁的歌是来自内心深处的草原之情。我想，听过这样的音乐，你也就走进了内蒙古大草原。”

与时下一些歌手通过媒体宣传来提高自己的知名度相比，布仁巴雅尔显得十分低调，他的《天边》并没有特别进行宣传推广，但在听众中迅速流传。好听的歌是不需要宣传的，它第一时间就会把人迷住。许多网民称赞说，布仁的歌声悠远、沉静，抚慰了人们精神上的疲惫。对此，布仁也有自己的体会，他说：“现代人生活在喧嚣的都市里，时常心绪不宁。有些人听摇滚乐，就是为了发泄烦躁的情绪。我的音乐提供了另一种化解的渠道。它让你宁静下来，好好思考……这个社会变化很快，可有些东西是永恒的，比如对爱情的渴望，对生命的尊重，对家乡的思念。我的音乐就是平复大家的心情，让我们静下心来，好好去珍惜这些永恒的东西。”的确，有些流行歌曲歇斯底里，让人烦躁不安；有些流行歌曲无病呻吟，让人萎靡颓废；有些流行歌曲矫揉造作，让人难以接受。但布仁的歌不是，他的歌能够让人静下心来感受大自然的美好，家乡的温暖，心灵的召唤……缓解人们紧张不安的情绪。

听布仁的歌仿佛来到了呼伦贝尔大草原，那里有蓝天白云，那里牛羊成群，那里有清新空气，还有蒙古族汉子的博大胸襟。与其他蒙古族歌手相比，布仁巴雅尔有自己的特色，他不跟风，不模仿，听从自己心灵的召唤。蒙古族歌唱家拉苏荣评价说，“布仁深厚的个人修养和对蒙古族文化的精深把握，使得他的长调有别于其他任何歌手”；德德玛老师也深有同感，她说，“布仁是在用心歌唱”。摒弃一切浮华的布仁巴雅尔，用真诚和他迷人的音色表达着他那来自草原的善良淳厚与侠骨柔情。蒙古族的元素，草原的情调，田园牧歌的风格，怀旧的色彩，构成了布仁巴雅尔的歌风。在这到处被雾霾笼罩的都市，很需要这样的清新歌风来净化空气。这种精神层面的净化有时候可以超越物质，使人的心灵升华。

《天边》是一首旋律飘逸动听的草原情歌，布仁巴雅尔的歌声发自内心，使听众沉浸在内蒙古草原那清新、辽阔与梦幻般的意境之中。循着悠悠歌声，我的思绪飞到了望不见尽头的天边……为了这歌声，我一定要去内蒙古大草原亲身感受那醉人的长调和马头琴声。

远　情

赵季平被誉为“乐坛神笔”。在影视剧好歌难觅的当下，他创作的影视音乐却一直受到广大观众的喜爱和业内人士的推崇。从《黄土地》《红高粱》到《大红灯笼高高挂》《霸王别姬》，从《水浒传》《燕子李三》到《大宅门》《乔家大院》……无不给人留下深刻的印象。如今，许多影视剧故事情节我们已渐渐淡忘，但赵季平创作的主题歌却让我欲罢不能，一听再听……

电视连续剧《乔家大院》播出后，得到了观众的广泛好评。尤其是由易茗作词，赵季平作曲，谭晶演唱的主题歌《远情》更是在观众的心中引起了强烈的共鸣。有人这样评论：“《远情》无论是词曲还是唱功都入化境。每当片尾的歌声和字幕出现时，我都不愿离开电视，要把主题歌听完。”“感谢上帝让我聆听到这支美妙的歌，谭晶的声音真的是太动听了，她的每个音儿都仿佛能震荡我的心灵，让我真正享受到了音乐的美。”

《乔家大院》讲的是晋商创业的故事。该剧的特色在于情节并未局限于乔家大院内的家族恩怨，而是把重点放在主人公乔致庸闯荡天下，开辟商路，为追寻“汇通天下”的理想而积极奋斗永不放弃的拼搏历程上，展示了乔致庸作为商人、文人、侠客的不同风采。该剧以硝烟弥漫的晚清社会为背景，场面大气开阔，情节跌宕起伏，充满传奇色彩，具有乡土韵味和民族气息，带给观众的是多维度、全景式的审美享受。该剧播出以后，山西乔家大院名声大噪，其独特的清代民居建筑、晋商文化发源地，成为人们趋之若鹜的旅游胜地。

作曲家赵季平长期植根于民族民间音乐这片沃土，对大西北民间音乐有着深厚的感情和透彻的了解。他对《乔家大院》的发生地——山西的民间音乐、地方戏曲做了深入的研究，在《乔家大院》的整部音乐中，赵季平对山西的地方风格拿捏得恰到好处，运用山西民间音乐的素材，用新的、不同以往的方式不断丰富自己的创作。他以气势恢宏的交响乐为依托，运用了独唱、合唱、二胡、唢呐、打击乐等多种人声和乐器，用"交响音乐民族化"营造出一种独特的民族韵味。最令人叫绝的是，运用晋胡和二股弦这两件不起眼的具有地方戏剧（山西晋剧）特色的乐器，可谓匠心独运。在赵季平笔下，每一件乐器都像会说话的演员，扮演不同的角色，塑造不同的性格。音乐一响起，眼前就有了这样的画面：长长的驼队、红红的灯笼、吧啦吧啦的算珠声……在音乐中，你仿佛进入了山西晋中的乔家大院，进入了富甲天下的晋商艰辛的创业历程与温馨的家庭生活中，也进入了他们撇家谋业，走南闯北，奔赴广袤大漠，辽阔江南的旅途中……

一首影视剧主题歌能否成功，与它所具有的地方特色，塑造的音乐形象是否鲜明、准确和感人有直接的因果关系。《远情》糅入地道的山西民歌元素，又不落俗套，别具一格地根据剧情的内涵和地域风格、人物性格进行创作。歌曲的主题发展采用了山西民歌常见的纯四、五度跳进后级进，旋律线条起伏与舒缓巧妙结合的基本特征，歌曲旋律以民族传统调式徵调式为基础，其中又渗透着宫调式和羽调式的色彩，突出了山西独有的地域风格，既好听又亲切，仿佛让人嗅到了那片土地的芳香。

作者将歌曲的第一乐段处理成散板式的清唱，给人一种空寂静谧的感觉，仿佛一个久远、沧桑的故事正娓娓道来。"尘缘苦短，叹人间路长，不能够容我细思量。繁华瞬间，如梦幻一场，世上人有几番空忙。"女声的低吟浅唱似在不经意间道出了世态的炎凉，人间的沧桑和命运的无常。作者有意将第一乐段处理成清唱是为随后的合唱和乐队的加入做好铺垫。当第一乐段结束后由乐队引出的两乐句间奏。在这里，间奏被处理成模拟打击乐声"咚呛里格咙咚呛"的男声合唱，把歌曲的意境引向了纵深。这里特别要提到的是，作者用了多种对比式的手法，其中包括人声与乐队的对比，独唱和合唱的对比，女声和男声的对比，以及配器上虚实、浓淡、张弛、刚柔的对比，短短的一个四乐句乐段与一个间奏的篇幅，完成了力度、速度和色彩的对比，从这样的布局中可以窥见作者的独具匠心。

"春去秋来，叹世事沧桑，算人生成败相当。登临远望，看山水迷茫，情通天下一路奔放。"这是一个重复乐段，谭晶声情并茂的演唱引出大提琴与弦乐队隐藏在旋律中的复调。你一言，我一语，用音乐语言深情交流，逐渐把音乐推向高潮。

"几番起落雨暴风狂，转眼间鬓已成霜。留住所爱，留住所想，留住一梦相伴日月长。"歌曲的第二乐段是一个对比段，由此转入全曲的高潮部分，作者用了一个八度大跳，将情感宣泄到极致。这里，"留住所爱，留住所想，留住一梦相伴日月长"和"咚呛里格咙咚呛"的交替出现，意味深长地道出剧中主人公乔致庸情通天下、货通天下、汇通天下的晋商情怀。

作为电视剧的主题曲，这首歌更多地融入了剧情，体现了主人公创业的血泪史和对人生的感慨。一个喜爱读书，一心求取功名的商家后代，在家人和家事的逼迫下，不得不放弃即将成就的功名去接管一生一世最厌恶的生意，更为此痛失自己心爱的姑娘。商场的风风雨雨，生活的坎坎坷坷，却造就了乔致庸远大的晋商情怀。歌中的男声伴唱"咚呛里格咙咚呛"，意在表现人生的一种脚步声，表现执着奋斗、无所畏惧的晋商精神。而女声的低吟浅唱表现对人生历程的思索、感怀，有一种繁华落尽的苍凉感。女声的细腻、婉约与男声的粗犷、豪放形成鲜明对比。就这样，旋律自然而然地流淌出来。无疑，那句"咚呛里格咙咚呛"

的衬词和尾声时晋胡、二股弦的出现，是点睛之笔，蕴含着一种民族精神的升华。作曲家赵季平用简洁、精致的音乐元素将整个剧情和主题思想推向高潮。

《远情》以张弛有致、悠扬悦耳的曲调，立意高远、深沉蕴藉的歌词，表达了一代晋商的人格风范、人生感悟和情感寄托，歌曲真切感人，意境深邃，格调隽永。谭晶说："这首歌糅进地道的山西民歌元素。赵季平老师是按民族的感情写的，我则加入了我的理解。故乡的亲情是我骨子里带来的，我从小就是听那些歌长大的，感情是自然流露的，我自己唱着都会被感动。尤其是真假声的处理上，采取真假声结合。比如在副歌的处理上，我借鉴了美声唱法，在唱到最动情处，运用声断气不断的感觉，那一点点变化，就让大家觉得很感人。"的确，谭晶那声情并茂的演唱，为歌曲增添了不少亮色。谭晶融美声、民族和通俗三种唱法于一炉，传统与现代相交融，民族与流行相贯通，形成了大气、简约的演唱风格，有很强的艺术表现力与感染力，被专家、观众誉为"跨界歌手"、"天籁之音"。

值得一提的是，曾创作过电视连续剧《渴望》《水浒传》《笑傲江湖》《大宅门》《天下粮仓》等主题歌歌词的著名词作家易茗，以自己深刻的理解力和想象力、深厚的音乐文学功底，为歌词整体构造了一种深邃的意境，同时深化了剧情主题思想的表达，也为歌曲创作提供了一个成功的蓝本。

第四辑 杂谈篇

耳朵的阅读

听音乐也是一种阅读，是用耳朵去阅读。

辛丰年先生在他的《音乐笔记》里将欣赏音乐说成是读乐。我十分赞同这一说法。聆乐何尝不是一种阅读？这是心灵的阅读，读乐就是用心去感悟音乐，解读音乐，品味音乐。音乐比文字更接近心灵，这是人人都能懂的世界语。这样，平常喜欢听音乐的人就多了一种阅读方式。我每天将读书与读乐视为自己的最好消遣。

有人喜欢将这双重阅读合而为一，既听着音乐又读着书，一心二用。而我不能，我以为这两种阅读都必须心无旁骛，沉浸其中。虽然表面看听觉与视觉互不相干，各司其职，听与看可以双轨并进，事半功倍。但音乐与文字都需要心灵的高度专注去解读，不入神怎能品出个中滋味？

通常，如果我开着音乐读书，不是听得如痴如醉文字一片模糊，就是看得津津有味音乐充耳不闻。听觉与视觉谁抢了先，那要看音乐与文字的吸引力及自己的喜好与选择。一个喜欢音乐而不爱读书的人，那本手中的书可能就成了随意翻翻的多余物。相反，一个喜欢读书而不爱音乐的人，那响着的音乐也恐怕是成了惹人厌烦的干扰物。对于我，一个读书与聆乐鱼和熊掌都不舍的人来说，就为难了。既然双重阅读不能合而为一，那就静下心来老老实实地读书，或者放下书本认认真真地读乐。这样的阅读才互不干扰，不顾此失彼，也对得起音乐与文字。如果说非要将两者结合在一起，那我就拿来相关的乐谱，或相关的赏析文章，这种阅读是视听统一的，但这样又过于专业化了。一般的业余爱好者很少有人会搬来总谱对照阅读，大多是一边随意地放着音乐，一边读书或喝茶聊天。这样似乎挺优雅，也不乏温馨、浪漫，但这是流于形式的，音乐成了陪衬、背景。我不选择这样的阅读，我要完全静默的阅读，其实耳朵的阅读是更需要静默的，外界的喧哗、鼓噪与心灵的浮躁、不安都不适宜阅读，心猿意马也不适宜阅读。只有静下心来倾听才是首选。

耳朵的阅读和眼睛的阅读、嘴巴的阅读，最终都要归结于心灵的阅读。我钦佩贝多芬在双耳完全失聪的情况下，靠心灵的阅读来创作音乐、演绎音乐，一切总谱过目即化为音响了然于胸。作曲时，怎样的旋律，怎样的和声，怎样的配器，出怎样的音响效果，已经"胸有成竹"，这是何等的造化啊。我也钦佩阿炳瞎了双眼凭着聪敏的耳朵、聪颖的才智和对人生的禅悟，将心灵的独白，凝成一曲千古绝唱。阿炳不作曲，曲子装在他心中像自来水一样流淌出来，那才叫"依心曲"。还有那些记忆力超常的世界一流指挥家、钢琴家，利用乘坐飞机的几小时时间，将乐谱阅读并铭记在心，下了飞机便能上台指挥、背奏。当代小提琴大师斯特恩说，读谱要像读小说一样，读出故事情节来。我等凡人，能在响着的音乐中读出点意思来便是有福了。

音乐缓缓响起时，所有的思绪都随音乐升腾。有了音乐，寂寞便再也不是寂寞，孤单便再也不是孤单，烦恼便再也不是烦恼。音乐是我灵魂深处的知交，她常在我孤寂无依、百无聊赖之际，如期而至，悄然造访。音乐是常来我心灵的驿站小坐的至尊贵客，当我身心俱疲、焦躁不安时，音乐来了，如风相拂，如水相拥，如影相随，搀扶着我走过一程又一程艰难困苦的人生之旅。音乐是一本读不完的书，终身受用，了无止境。

王蒙说:“声音是世界上最奇妙的东西,无影无踪,无体积无重量无定形,却又入耳牵心,移神动性,说不言之言,达意外之意,无为而无不有。”

是啊,这似水流淌的音乐,点点滴滴,悠悠荡荡,沁人心脾,直达心扉。在心与心的交流中,言语往往是多余的。乐音奏响,超越时空,在无言的恳谈中,将彼此的心灵接通。古朴悠扬的旋律,柔美和谐的流韵,静谧舒缓的气氛,使人心旷神怡,情怀涤荡。

在我看来音乐是最能使人血脉偾张、情思奔涌的东西。音乐之于我就如同精神食粮,闲暇时,烦闷时,疲倦时,不安时,颓唐时,便想邀她驱赶寂寞,解除困乏,舒缓气氛,调剂心情,振奋精神,启迪思想。音乐无处不在,用耳朵去阅读吧,那儿将向你洞开别样的天地。托尔斯泰在柴可夫斯基的《如歌的行板》中读出“俄罗斯人民灵魂深处的苦难”,列宁在贝多芬的《热情奏鸣曲》中读出“人间的奇迹,花岗石河床中涌动的火流”,罗曼·罗兰在贝多芬的交响乐中读出“深邃的德国古典哲学,大自然的召唤,英雄战斗的一生”……我们难道对音乐就无动于衷吗?

在这平凡的日子里,我常对自己说,何不来点儿音乐。

四副耳朵听音乐

“上帝给了人两只耳朵，一张嘴，就是让人少说多听。”这句话很在理，放之四海而皆准，用于音乐欣赏尤为恰当。音乐响起时，最好是免开尊口，用心聆听。面对音乐我常抱怨自己为什么不多长几副耳朵。记得作曲家朱践耳先生在给王安国教授的信中说过这样的话：音乐家听音乐要具备四副耳朵，一副是听古典音乐的，一副是听现代音乐的，一副是听民族民间音乐的，还有一副是听流行音乐的。

人其实只有一副耳朵，我们永远也别指望长出四副耳朵来。朱先生说的“四副耳朵”观点我十分赞同。音乐家、乐评家需要四副耳朵，爱乐者又何尝不需要四副耳朵？尝遍甜酸苦辣咸、炒煮蒸煨氽方能品出个中滋味。只吃一道菜何以能成为美食家？现代社会是个多元的社会，音乐往往是时代的折射和缩影，聆听音乐犹如观察大千世界，只打开一扇窗户看世界往往只见树木不见森林，只有打开东西南北门户，眼观六路，耳听八方，仰望俯瞰天地之悠悠，日月之精华，才不会孤陋寡闻，井底观天。中国有句成语叫“兼听则明，偏信则暗”。这个用于断案、解决矛盾的成语亦同样适用于聆乐，就是说听音乐要全面，不能以偏概全。艾伦·科普兰在《怎样欣赏音乐》一书中说：“全部投入音乐意味着要扩大自己的趣味，只喜欢传统类型的音乐是不够的。趣味像灵敏度一样，在某种程度上是天生的，但这两者都可以通过明智的练习得到发展。这就是说对各个时期各种流派的、新的和旧的、保守的和现代的音乐都要听。这意味着尽可能不带偏见地聆听。”

现代音乐，流派纷呈、种类繁多、风格迥异、光怪陆离，令人眼花缭乱、目（耳）不暇接。标新立异、崇尚个性已成为许多现代作曲家的创作理念。我们的耳朵，我们的审美观，倘若跟不上时代的步伐，就意味着落伍、偏执、守旧和冥顽不化。音乐审美观是随着人所处的时代背景、阅历、学识、修养、趣味、世界观的不同而不同的。耳朵是可以培养的，它有个慢慢适应的过程。从单线性旋律思维到多声部观念，从声乐曲到器乐曲，从民族民间音乐到西洋古典音乐，从传统音乐到现代音乐，从严肃音乐到通俗音乐，从简单到复杂，从具象到抽象，从感性到理性，从技巧到韵味，从司空见惯到“莫名其妙”，从循规蹈矩到“离经叛道”……面对各种纷繁、多元的音乐，耳朵不但接纳了，而且喜欢了，着迷了，在好奇和新鲜，甚至迷茫和不解中不断有新的发现，新的认识，新的体会。人人都说“活到老，学到老”，聆乐何尝不是“活到老，听到老”，这是一个不断积累听觉经验，更新观念，吐故纳新，兼收并蓄的过程。

我们不可以用评价古典音乐的审美标准去评价现代音乐，也不可以用评价美声唱法的审美观去评判原生态民歌唱法。它们虽然都是音乐，但其中的观念、形式、风格等方面的差异可以说是大相径庭的。听惯了海顿、莫扎特、贝多芬的耳朵，乍听勋伯格、贝尔格、威伯恩，定会惊诧莫名，这是什么玩意儿？跟以往积累的审美经验相差十万八千里。但在我们还没有对某种音乐或音乐现象有更深刻认识的时候，我们先不要下一种否定的结论，而是先去听听它，了解它，然后再考虑是不是真正喜欢它，等了解了某种音乐后，你就可以有充分的理由去喜欢它或批评它。否则，就可能会被人笑话。在音乐史上有两位赫赫有名的音乐大师，就曾经犯过这样的错误。一位是法国作曲家柏辽兹，由于他对中国单旋律的戏曲男旦角和由噪音构成的戏曲锣鼓打击乐器不甚了解，于是站在了浪漫派功能体系的立场上，以多声部的概念品评中国音乐是“猫叫、狗吠”“不知是什么东西”“可怕的嘶嘶声”“野蛮、蒙昧、幼稚、无知的音乐”。尽管柏辽兹是大师，但他对中国音乐的这种不着边际的认识仍然让人感到十分可笑。另一位也是法国的著名作曲家圣·桑,在斯特拉文斯基的《春之祭》首演时,78 岁高龄的圣·桑用浪漫派的审美标准来衡量斯特拉文斯基为了表现人类原始情感和宗教祭祀而运用的充满不谐和音的新音响,感到遭到了戏弄,就在演出开始不久,当他听完了由大管在极高音区演奏的序奏后,竟惊讶地问:"这是什么鬼乐器?"并不屑地拂袖而去。这两位大师难道没有音乐修养吗?绝不是。但他们都是根据自己以往所积累的固有的音乐审美经验来判断以其他审美观而建立起来的音乐,以一种尺度去衡量别的标准,其结果当然也不可能正确。(庄曜,《探索与狂热:现代西方音乐艺术》)

多视角、全方位的聆听和了解音乐使得我们必须"装备"几副不同的耳朵,以适应不同时期、不同地域、不同流派、不同风格、不同个性、不同种类的音乐欣赏需要。我们不能因为《春之祭》《一个华沙幸存者》《广岛受难者的挽歌》等现代音乐的不谐和、刺耳、怪异,谭盾音乐的另类、激进、不拘一格,土著音乐的原始质朴、遥远陌生,摇滚乐的狂热反叛、扭曲夸张,而一概指责为异端,否定它们的存在价值。实际上它们都存在着,且已成为当下多元音乐文化中的一元,并且已经引起了人们广泛的关注。"好听"并不是衡量音乐存在价值的唯一标准。实际上一种音乐流派的领路人往往是最具争议和富有挑战意味的人物,譬如德彪西、斯特拉文斯基、勋伯格、兴德米特、梅西安等人并未因为他们当年的音乐被指责为"一种可怕的、不可理解的、不能演奏的音乐"而匿名消失,相反,他们都名垂乐史,得到世人的广泛认同。

音乐世界是多元的,兼容并蓄,广闻博览,去芜存菁是明智的选择。音乐欣赏者应该学会接纳不同的声音。

听“门外汉”谈音乐

爱乐、论乐并非乐人的专利，在我看来，门外汉的爱乐热情丝毫也不逊于专业乐人，门外汉的论乐之道比之乐人有过之而无不及。

那些没有进过音乐学府，没有接受过系统音乐专业训练的文人乐迷、客席乐评家、超级发烧友，谈起音乐来头头是道，妙语连珠，直教人折服得五体投地。

他们不会煞有介事地跟你讲专业术语，什么属七和弦、减七和弦，什么主调、复调，什么呈示部、展开部、再现部，什么逆行、倒影……他们不管那一套。他们也不跟你玩深沉，什么主体、客体，什么表象、意象，什么自律论、他律论……他们闭口不谈。

他们直接用心感悟，不受什么理论、教条、法则、原理、学说的束缚，反而更能直面音乐之精神本质。他们痴痴地爱乐，纯粹地谈乐，游戏似的弄乐器，发烧似的玩音响，敛财聚宝似的集碟片，患单相思似的着了迷。一旦谈起音乐，滔滔不绝，如数家珍，语出惊人，言辞犀利，不带功利目的，不以技巧唬人，跟评职称、得奖次、拿学位无关，也不入什么协会，排什么座次，不自诩什么家，更不自称某某权威。他们徘徊在门外，站得高，看得远，旁观者清，不打官腔行话，不顾左右而言他。他们带一副耳朵和一颗脑袋，盛一腔爱乐赤诚直奔主题而来。他们论音乐脱口而出，幽默睿智，旁征博引，左右逢源，写乐评妙笔生花，精辟独到，笔锋犀利，一针见血。听他们谈聆乐之道，直令芸芸乐人惭愧不已，有如醍醐灌顶，茅塞顿开。我认为读这些圈外人士的音乐文字比读那些四平八稳、循规蹈矩、将音乐做外科手术式解剖分析的专业人士的音乐论文要有趣得多。因此，在我的书架上又多了一排"门外汉"论音乐的图书，这是我最爱读的音乐文字。

一代翻译大家傅雷的《傅雷家书》《与傅聪谈音乐》，几成习乐者必读之经典。傅聪之所以成为钢琴大师，离不开其父博大精深的文学艺术滋养。读家书可知傅雷是如何日夜苦心孤诣地谆谆教诲其子的，诗经子集、魏晋风骨、唐宋诗意，傅聪从小浸淫其中。听傅聪弹琴，琴外之音流淌的是中华古老文化的传统和底蕴。

赵鑫珊在他洋洋50万言的《贝多芬之魂》中，以其哲人的笔触写道："在本质上，贝多芬是音响诗人、哲学家，是音乐艺术王国的普罗米修斯或西西弗斯。所谓哲学家，究竟是什么人呢？我想，哲学家就是通过他们的作品指给人们看一个独特的深层世界的人。在这种意义上，贝多芬、凡·高和爱因斯坦等人都是哲学家，都是广义上的文化哲学家。"这本书是将贝多芬置于德国古典哲学和古典文学以及整个欧洲乃至世界科学文化艺术的群落中来解读的，国内音乐学者又有几人能如此广袤透彻地研究过贝多芬？

辛丰年乃超级乐迷一个，聆遍经典音乐名著，饱尝人生酸甜苦辣，半个多世纪的聆乐读书经验凝成一本《音乐笔记》，浓缩精华，采撷佳篇。其文字精练老辣，言之有物，中肯笃实，耐得咀嚼，用严锋的话说，辛丰年是直截了当将一杯炼乳不兑水地端给读者。可见其爱乐文章皆为真知灼言，且信息量大，又有心得，于年轻习乐者、爱乐者可谓读乐之指南。

画家陈丹青的《音乐笔记》丝毫也没有学究气，海阔天空地跟你神聊一通，但聊得你不得不忙不迭地点头称是，不得不佩服他的睿智和才气。他说自己不懂理论，不喜理论腔，每蹭到"理论"的门墙边，就走开。但听他高谈阔论，又处处是真知灼见。他说："为音乐发烧发痴，倒好像尽是业余爱好者。托尔斯泰，萨特，李维·斯特劳斯，爱因斯坦……不靠音乐吃饭，不上音乐学院，会点乐器，平时与亲友弄弄音乐，谈起来，全是珍贵的见解……”听他谈乐像跟一个性情中人话家常，自由自在，不着边际，不经意间道出真经。真想沏一杯浓茶邀他恣意纵横地聊它个三天三夜，那才叫过瘾啊。

徐迟、王蒙、王安忆、肖复兴、刘元举、余华、格非等作家在他们的报告文学、小说、散文中都有谈及音乐，有的是长篇地抒写音乐，抒写音乐人生、抒写社会音乐生活，称音乐激发了他们的创作灵感，直接影响了他们的文学构思。王蒙在《音乐与我》一文中说：“我喜欢音乐，离不开音乐。音乐是我的生活的一部分，我的生命的一部分，我的作品的一部分。有时候是我的作品的一个非常重要的、头等重要的部分。”他在他的《组织部来了个年轻人》《青春万岁》《歌神》《如歌的行板》《春之声》等小说中大量地描写了音乐活动，或借鉴音乐的思维方式、发展手法，或参照音乐的曲式逻辑进行构思，或以音乐为主线勾勒刻画人物，或干脆以音乐为题借题发挥。余华说：“音乐影响了我的写作。”并尝试将鲁迅的《狂人日记》谱成音乐，当然，是完全没有章法的。格非在谈论音乐时引用博尔赫斯的话：“只要音乐还在继续，生活还是有意义的。”他还说，听到某首曲子，如同一道闪电在顷刻之间照亮了他的心底的黑暗。于是，他完全被震慑住了，忘掉了尘世的一切，他的大脑开始失神，灵魂遁入邈杳的远方。肖复兴爱乐成癖，著有两本《音乐笔记》，很受读者的欢迎。一个作家如此热情高涨，全身心地投入乐评写作，不知音乐学院的理论家们做何感想。

林非主编的音乐散文集《话说音乐》，辑录了 20 世纪中国文化名人的音乐随笔几十篇，字字句句都是“门外汉”们对音乐的切身感受，真情流露，溢于言表，文字生动，见解独特，值得乐人好好拜读，仔细揣摩。

在国外，爱乐的大师级人物比比皆是，萧伯纳是“门外汉”吗？据说萧翁的《音乐评论全集》有三巨册，每册都九百来页。谁见了都会吓一大跳！那是绝对的专业水准。这位 1925 年拿过诺贝尔奖的大文豪还无师自通地学过钢琴，研习过和声、对位，玩过作曲。萧翁20岁开始写乐评，直至去世，足足写了75年乐评。这部文集在读者眼前展开一长串19—20世纪英国音乐文化的历史镜头：莫扎特的音乐受冷落，门德尔松的“畅销”，人们喜欢热闹的贝多芬“第七”，瓦格纳的指挥形象，约阿希姆、伊萨依、萨拉萨蒂、克莱斯勒、帕德雷夫斯基诸名家的成功与失误……在他的生花妙笔下都留下了活生生的现场报道、历史传真。(辛丰年《音乐笔记》第161页)可别忘了，他的正业是戏剧与文学，乐评只是他客串的副业。但是，无疑，萧伯纳有充分的资格被认定为音乐家——专业乐评家。

称印度文学巨匠泰戈尔是音乐家恐怕没有人会提出异议。他是印度和孟加拉国两国国歌的词曲作者，一生谱写过2500多首歌曲。他还出版过《关于音乐思考》的音乐论文集，对印度的古典音乐、民间音乐进行过深入的研究，是一位名副其实的作曲家和音乐学家。他以诗歌和小说著称于世，得过1913年的诺贝尔文学奖。但令人称奇的是他同时又是一位卓越的歌唱家、戏剧家和画家，在世界各地举行过画展。(钱仁康《中外国歌纵横谈》第27页)在泰戈尔的文学作品中，我们可以发现音乐用语、比喻、想象俯拾皆是，他认为宇宙是音乐、大自然是音乐、人的生命是音乐、爱情是音乐。泰戈尔的这种音乐比喻并不只是作为一种修辞手段。正如研究泰戈尔的印度学者锡坦苏·雷指出的：“从泰戈尔身上，我们可以发现由外部世界引起的各种感觉和内心生活的体验，两者都可用音乐术语、音乐的比喻、音乐的意象说出来。要把它们理解为对生活和环境的音乐感受经验的扩展。”这就是一种以音乐思维方式感受、体验、领悟主客体世界的习惯，完全不是一种外在附加的手段。这种思维方式使他的作品充满音乐美，使语言艺术与音乐艺术水乳交融。(罗小平，《音乐与文学》)

至于法国大文豪罗曼·罗兰的音乐才能与修养更是人所皆知的。他的母亲具有一定的音乐造诣，是他的钢琴启蒙老师。他从小就在钢琴天地中与大作曲家交流，浸泡在浓厚的艺术氛围中。音乐成了他人生旅途中的精神支柱。当他15岁踏入巴黎社会时，其钢琴演奏水准令文艺界人士赞叹不已。他在巴黎高师任教时，发表的博士论文是《现代歌剧之起源》，讲授的课程是音乐史。他的音乐天赋和艺术造诣使他在驾驭音乐家传记与音乐小说《贝多芬传》《约翰·克利斯朵夫》这样的题材时可以挥洒自如、生动准确。从整体构思到许多音乐创作、演奏、感知、体验的细节，都体现出一般文学家无法具备的功力与难以达到的水平。以《约翰·克利斯朵夫》为例，这部巨著就像由四个乐章构成的宏伟交响曲，充满积极奋进的主题、戏剧性的冲突、协和与不协和交替的和声序列，最终归于和谐。作家的笔触只要一涉及音乐，就如获神助，妙语连篇，文辞生辉。（罗小平，《音乐与文学》）罗曼·罗兰足可以被认为是音乐学家，但他同时又是世界一流的传记作家、小说家。

那么到底谁是"门外汉"？捷克作家米兰·昆德拉？不！他是比专家还地道的乐评家，是运用音乐思维革新小说创作的杰出代表。他在自述中说："一直到我25岁时，音乐都比文学更强烈地吸引我，那时我做得最出色的事就是为四种乐器：钢琴、中提琴、单簧管和打击乐器写的一首乐曲。"他当过爵士乐手，并从作曲法的角度，认真研究过自巴赫到勋伯格等各个不同时代、流派作曲家的技法。说到底他是一个不折不扣的音乐行家，音乐学家杨燕迪先生在他的《听昆德拉谈乐》中热情洋溢地称昆德拉是他所知的"文人乐迷"中最不同凡响的一位。关于他的小说、他的乐评、他对音乐的独到见解，岂是这篇小文所能穷尽？

爱因斯坦倒可以算门外汉一个，但他的小提琴拉得又是专业水平，还会弹钢琴。他说："我的科学上的成就，很多是由音乐启发的。"1912年8月的一天，他突然对妻子说："我有个非常奇特的想法。"说完就坐在钢琴边，边思考边弹琴，过后便钻进顶楼的工作室，一个星期后，震惊世界的《广义相对论原理》诞生了。当有人问他死亡意味着什么时，他竟回答："死亡就是意味着再也听不到莫扎特的音乐啦。"爱乐至此，还有何话可说。

我必须向这些“门外汉”致敬！还有更多的无名乐迷，我也同样向他们致敬。乐人供着一份音乐的职业，却不爱乐聆乐，不读乐习乐，不论乐作乐，还算什么乐人？

三月不知肉味

孔夫子的境界就是高,“子在齐闻韶,三月不知肉味”。可惜今天已听不到“尽善尽美”的《箫韶》了,要不然,我就跟他老人家抬杠。“韶乐”难道比贝多芬的《第九交响曲》,亨德尔的《弥赛亚》,奥尔夫的《博伊伦之歌》,冼星海的《黄河大合唱》还要激动人心?我怎么聆听了这些高妙、宏大的音乐照样三餐可闻酒肉香?是我的境界不够高还是孔夫子一时兴起的夸赞之词?我看是夸张溢美之词,就像李白酒后诗兴大发:“黄河之水天上来”“疑是银河落九天”云云,浪漫得很,但不能当真。

痴迷音乐的不单孔夫子一个,可到了“三月不知肉味”的地步,大概是前无古人后无来者了。孔夫子爱乐爱得如此彻底真是可爱极了,但在常人看来也太离谱了,简直荒谬。

“商女不知亡国恨,隔江犹唱后庭花”就是晚唐国难当头时杜牧对音乐的诘责。倘今天对连温饱尚未解决的贫困山区农民讲什么“三月不知肉味”,人家不骂你“耽于声色犬马之徒,安知人间疾苦”才怪呢。用咱们地方话讲,就是“自己肚饱,不晓得人家镬漏(只顾自己不顾别人)”。孔子是士大夫阶层,衣食无虞,站着说话腰不疼。据史料记载,大乐《箫韶》是很铺张庞杂的,演奏的乐器有琴、瑟、鼓、钟、磬、管、埙、箫、篪、笙等,奏乐时礼节烦琐,并辅之以歌舞。可见,古代的帝王是何等的奢华,这要搜刮多少民脂民膏啊。就在孔夫子说“三月不知肉味”的时候,不知齐国、鲁国有多少老百姓饿死、冻死。唐明皇李隆基浸淫在六宫粉黛、声色犬马之中,结果“渔阳鼙鼓动地来,惊破霓裳羽衣曲”,

赔了夫人折了兵，江山社稷不保。南唐李后主精通音律，工于诗词，终日纵情声色，不理朝政，最终沦为阶下囚，只得悲苦兴叹“春花秋月何时了，往事知多少？小楼昨夜又东风，故国不堪回首月明中……”

所以，音乐是奢侈的艺术。穷人讲“三月不知肉味”，不是在听了音乐陶醉得一塌糊涂之后，而是在肚子里没有一点油水想吃肉的时候。视民歌为生命的侗族人最多说“饭养身，歌养心。”陕北人最多说“信天游，不断头，断了头穷苦人就无法解忧愁。”富人酒足饭饱之后，才会打着饱嗝，跷着二郎腿，享受着高雅音乐，说，好听，真好听，简直三月不知肉味。但没有哪个爱乐人士敢坦陈自己听音乐比吃饭要紧，除非不食人间烟火。现在，稍有档次的酒店大堂都置有钢琴，没听说过谁赴宴时，被大堂的琴声吸引住，听音乐忘了吃饭，饥肠辘辘也忍了，山珍海味也无味了。街头大排档吃着海鲜、喝着啤酒的人们，听到那些身背吉他的卖唱女的歌声，客气点的给点小钱，不客气地挥手轰走，没有谁“因歌废食”。若这个时候，讨论“肉好吃还是音乐好听”这个话题，显然是矫情、虚伪的。可形而上的音乐永远比形而下的柴米油盐高尚，人的嘴巴一天也离不开食物，喂饱了肚子，眼睛与耳朵就要开始“高尚”了，艺术说白了就是为了满足眼睛与耳朵的需要，说得高雅一点，是为了满足精神的需要。

现在，许多餐馆里音乐在分分秒秒地响着，名曰“佐餐背景音乐”，但多数人对音乐充耳不闻，埋头品尝食物的味道，无暇顾及音乐的味道。音乐有味道吗？有的，但没有哪个聆乐者的口味重到孔子所说的“三月不知肉味”的程度。或许，人们的境界没有达到孔子的高度吧。余光中先生就对计程车上播放流行音乐深恶痛绝，发出“饶了我的耳朵吧，音乐”的慨叹。他主张要么不听音乐，要听，必须有一点诚意、敬意，音乐不能滥放。《红楼梦》中贾母道：“音乐多了，反失雅致，只用吹笛的远远的吹起来就够了。”老子说“大音希声”，音乐还是清逸淡远的好。现在，生活中到处充斥着媚俗、滥情的音乐，震耳欲聋的音响，弄得人听觉麻木，得了“审美疲劳”症，真是“五色令人目盲，五音令人耳聋”啊。不是“三月不知肉味”，而是“三月不知乐味”了。当然，好的音乐也是有的，音乐厅、歌剧院里现场表演的音乐当然好，但于我而言，最多一两个小时沉浸在音乐的海洋中忘了肉味，出了剧院，照样夜宵吃得津津有味。

电影《钢琴师》中，那个犹太钢琴家斯皮尔曼为了躲避纳粹法西斯的迫害，东躲西藏，忍辱偷生，过着毫无人格尊严的日子，他唯一的指望就是活下去。没有了生命，什么理想、信仰、音乐、艺术、爱情，统统无从谈起。这种时候，一块面包，一个土豆，要比音乐值钱得多(舒伯特当年就是拿《摇篮曲》换土豆)。当钢琴家饿得快要不行了的时候，终于在废墟中找到一个罐头。我唯一的愿望就是让钢琴家快点打开它，填饱肚子再说，不要节外生枝。可偏偏在这个关键时刻，出现了一个德国军官，出现了一架大三角钢琴。于是，为了活命的斯皮尔曼坐下来弹起了肖邦钢琴曲，他的命运掌握在德国军官手里。此刻的斯皮尔曼听天由命，他毫无力量，不能抵抗，音乐只能作用于心灵，只能寄望于唤醒罪恶的灵魂，寄望于那个德国军官人性中善的根还没有枯死。奇迹出现了，德国军官竟然没有杀他。或许，音乐使德国军官人性复苏，动了恻隐之心；或许，斯皮尔曼在绝望中遇到了知音，德国军官是个爱乐者。“三月不知肉味”，孔子推崇的音乐的教化功能起作用了。此刻，对斯皮尔曼而言，“三月不知肉味”是物质的——他真的三个月没有吃到肉了，解决肚子问题最要紧，活下来最要紧；对德国军官而言，是精神的——美妙的音乐将他的人性从炮火中唤醒，使他放下了屠刀。

可见，“三月不知肉味”，虽然言过其实了点，但音乐还是有魅力的。音乐不能给人类提供食物，但能给人类提供精神食粮，使人心向善。

穿行在音乐与文学之间

——田艺苗《温柔的战曲》读后感

作家是以文字谋生的，音乐家是以音符谋生的，既以音符谋生又离不开文字的人，大概就是音乐作家了。我这里要说的“音乐作家”是田艺苗。因为田艺苗的主业是作曲理论教学，副业却是音乐散文写作。取得上海音乐学院作曲技术理论高级复调博士学位后留校任教的她陆续在上海各种报章杂志发表了大量的音乐散文。当然，她热衷于用文字写音乐的同时，还时刻不忘用音符写音乐。她很清醒，教书与作曲才是她的主业。她创作的无伴奏混声合唱《听风·载芟》获文化部“文华奖”优秀音乐作品奖。前不久，由她担任音乐总监的世界华人女作曲家民乐新作专场音乐会在上海世博园演艺中心成功举行。难得的是，在繁忙的教学、创作之余，生活中的她始终没有放弃文字，她一直执着而优雅地阅读、写作、听唱片，几年下来，三本音乐散文集问世了。

《温柔的战曲》是田艺苗继《流影留声》《时间与静默的歌》之后的第三本音乐散文集。《流影留声》是关于电影音乐的专题散文；《时间与静默的歌》是关于20世纪西方现代音乐的专题散文；《温柔的战曲》驳杂一些，从音乐到电影，从古典到现代，从传统到流行，从西方到东方，从作曲、指挥到演奏、演唱，无所不谈。既评点作品，又品鉴大师，还抒发自己的情感、生活与对音乐的感悟。

一般来说，学作曲技术理论的人写文章都喜欢从技术的角度、学理的层面分析音乐，他们谈论和声、复调、曲式、配器等作曲技法，犹如庖丁解牛，游刃有余。而田艺苗偏偏不操她熟门熟路的技术分析之刀，她走的是旁门左道，执的是生花妙笔，以爱乐者的心态随意率性地写那些感性、鲜活的品乐文章。这些文章，丝毫也没有学究气，不高高在上以专业术语吓人，不故作深沉玩抽象概念，也不媚俗装酷抖八卦新闻，而是很优雅地跟读者拉家常，谈音乐，谈电影，谈人生，谈读书，谈喝茶、聊天、听唱片。田艺苗的文字清新温婉，雅俗共赏。复旦大学严锋教授这样评价田艺苗和她的音乐文字："一对专业音乐家的敏锐耳朵，一颗柔软梦幻的心，一支散发芬芳色彩的笔，一种沉静而又迷离的节奏，加起来就是田艺苗的音乐文字。"

读田艺苗的品乐散文，你会感觉她跟那些逝去的大师仿佛神交已久，听巴赫的十二平均律钢琴曲，她悟出了巴赫的智性与适度，温和与宽厚；在《安魂曲》中，她触摸到了莫扎特的灵魂，那是一个疾病缠身，撞见了死神的人在向上帝吐露心声，唱出至真至诚的天鹅之歌；在贝多芬的《庄严弥撒》中，她领悟到了宗教音乐的魅力，"原来宗教音乐，也可以不祈祷，不安魂，只为反照俗世情感如此瑰丽浩荡与深不可测"；在肖邦的钢琴音乐中，她感受到了这个身体孱弱、背井离乡，曾与乔治·桑共沐温柔乡，却以钢琴为武器为他的祖国呐喊的男人的心灵自白，她把肖邦的音乐喻为"温柔的战曲"。

读田艺苗的品乐散文，你会感觉她跟那些活着的音乐家、画家、作家、导演似乎心有灵犀，她在他们身上汲取艺术的营养。如在《人文巴赫》中谈到画家陈丹青，"对于陈丹青来说，谈音乐与谈人生，都是犀利而随意，具备弹性"。陈丹青的音乐散文我钦佩有加，想必田艺苗也受其影响；在聆听德彪西的《牧神午后》时，她想到的是孙甘露的诗句，这又教我想起她与沪上作家的交情；在黑泽明的电影中她听到武满彻的音乐，听到武满彻的音乐，她又想象人与风景的交流；在大卫·米切尔的畅销小说《云图》中，她从巴洛克音乐谈到施尼特凯的拼贴音乐；在电影《魂断威尼斯》中，她从马勒谈到尼采；在宫崎骏的动画片中，她对久石让的音乐如数家珍……唯有涉猎广泛，将读书、聆乐、看电影当成生活常态的人，才能在其音乐散文写作中驾轻就熟纵横驰骋。唯有持久地穿行在音乐与文字之间的人，才能将音符与文字都拿捏得恰到好处。

用文字描写音乐，实在是勉为其难的事。最好的作家在捉摸不透的音符面前，在流动的音响面前也会犯难。让音乐家自己写吧，又往往笔力不济，不知所云。于是，在音乐面前人们干脆得了失语症般沉默，让音乐徒自响着，什么也不说，或者即便说了也说不到点子上。人们甚至怀疑音乐是否可以言说？如何言说？这是个音乐学家无法回避的问题。如果说音乐不可言说，那要音乐学家做什么？音乐学家就是解读音乐的人。但问题是音乐学家往往站在专业的立场、学术的高度将音乐说得很神秘、很玄乎，让门外汉望而却步。音乐学家似乎不肯放下身段玩艺术，不屑于给业余听众写轻松的音乐随笔与乐评文章，板着一副学究面孔，专注于他们的学术论著，或史料考证，或学理推断，或技术分析，一言以蔽之，老百姓看不懂。

田艺苗则不然，她就敢在公众媒体前跟作家分庭抗礼，以音乐散文占有版面，吸引普通读者的眼球。当然，她并不是以放弃学术为代价。她也阅读总谱，分析作品；她也研读理论著作，撰写学术论文；她在音乐学院教复调，也写作品，编教材。她说自己是工作与生活界限不清的人，工作之余最大的享受还是读书，写作，听唱片，看电影。她很清楚自己的读者在哪里，需要什么样的文字。所以，她在写音乐散文时更注意文法修辞，读起来让人觉得有文学的味道。她一手用文字写文章，一手用音符写音乐，是个左右开弓的人。尽管她知道，“用文字描写音乐，基本上是徒劳。”但她始终无法割舍文字，她说如果有人因这些文字爱上音乐，那是莫大的荣幸。

其实，音乐有千百种解读，田艺苗只是一种。用作家陈村在《代田艺苗序》中的话说：“音乐可以这样听，还可以这样说。她读音乐，我们读她。”在田艺苗的文字中，我读到了音乐及音乐以外的东西，读到了文字背后的才情与灵感——来自音乐家与作家的双重才情与灵感。这也是创作,这是音乐中的第三度创作。音乐散文、音乐评论的作用不可低估。它是音乐生活的引领者,它架起了音乐家与听众之间的桥梁。《温柔的战曲》是上海书店出版社出版的"海上文库"系列之一,丛书的目录中赫然印着李欧梵、刘绍铭、陈平原、叶兆言、严锋、孙甘露等著名作家、学者的名字与书目。田艺苗位列其中。我想,如果有更多的音乐家身兼作家,我们的音乐或许能走出象牙塔,更有社会话语权。

音乐史上不乏音乐家写得一手好文章的例子,如柏辽兹、舒曼、李斯特、瓦格纳、柴可夫斯基、德彪西、马勒等。作家中亦不乏用文字写音乐的高手,甚至是音乐的行家,如泰戈尔、萧伯纳、罗曼·罗兰、米兰·昆德拉等。我国古代,乐人就是文人,如孔子、司马相如、蔡邕、蔡文姬、嵇康、阮籍、王维、白居易、姜夔……近代有李叔同、萧友梅、刘天华、王光祈、赵元任、青主、黄自……但到了现代,乐人与文人渐渐有了分野,各司其职,作曲的不作文,作文的不作曲。当下,音乐界在呼吁人文精神的回归。杨燕迪教授认为:音乐无可置疑地属于"人文领域"——它以独有的音响运动,显现出以任何别的方式都不能揭示的人性状态、社会风尚、文化理想和世界本源。由此进行逻辑推演:既然音乐属于"人文现象",那么,以研究和理解音乐为己任的学科——音乐学(musicology),就理所当然地应该属于"人文学科"(humanities)。故此,对音乐进行理解的根本方式就必然是人文性的分析、解读和诠释。因此,音乐家应该拿起笔来写文章,无论所采用的文体是研究论文,是现场乐评,是学术书评,是谈乐随笔,还是诗词歌赋,都要关注人,关注人文,关注广泛的大众读者群体。

心灵的歌吟

生活中，我们经常会莫名地感到寂寞，寂寞时何不来点音乐。

当音乐激荡盈耳之际，总能让人忘却周遭的喧嚣，尘世的浮躁和心灵的不安。所以，我要每天听一听音乐，听音乐实在是精神的盛宴。但我不敢滥放音响，我怕糟践了盛宴。我也怕自己心不在焉却让音乐徒自响着，像自来水一样汩汩流走，辜负了好音乐。我还怕音乐巨大的声浪将渺小的我淹没，找不到心灵栖息的居所。我认为震耳欲聋的音响对音乐是一种亵渎，音乐不是用来发泄的，音乐是心灵的歌吟，聆听音乐必须虔诚。我的聆乐方式是，每天端坐电脑前选一张心仪的碟片置入光驱，或直接到网上下载自己想要的音乐，戴着耳机静静聆听，间或循着音乐的方向打点文字聊以自娱。但我是个一心不能二用的人，当进入深度构思，音乐影响到我的写作时，干脆关了音乐专心写作；当写作思维枯竭，打不出一个字时，干脆停下来专心听音乐，听着听着，一不留神灵感降临，接着再写。

聆听音乐是一种享受，但这种享受不应该建立在他人的烦恼不安之上，人家的耳朵为什么平白无故遭受旁人的搅扰？音乐应该适度，不能毫无节制地自我膨胀。发烧只是个人行为，自个儿躲着乐就是了，大声嚷嚷与开足音响唱卡拉 OK 都是扰人的不雅行为。但人的五官唯耳朵最无奈，最没有自主权。不想听的声音它照样钻进你的耳朵，你无处可逃。譬如坐公交车，执掌音响的权力在汽车司机那里，他想听什么全车人也跟着听什么。你不想看什么可以闭上眼睛，不想说什么可以闭上嘴巴，但耳朵不幸，它非得听，乐音，噪音，别人的唠叨、牢骚、粗话都直抵你的耳朵，这时候你唯一可做的就是塞上耳塞，戴上随身听。这样，你尽可以放心欣赏音乐，又不干扰人家，多好。所以，发明随身听的人对社会，对耳朵是有贡献的。

什么场所播放什么音乐应该是有所讲究的。庄严的场合不放滑稽的音乐，喜庆的场合不放悲痛的音乐，安静的场所不放吵闹的音乐，高雅的场所不放低俗的音乐，这是文明的底线。我有次进一家小书店购书，那里也在放着流行音乐，而且是周杰伦的那种听了半天不知道在唱些什么的饶舌歌曲。书店的隔壁还在进行电声乐队排练，两家似乎在搞音响大比拼，哪里还有兴致看书，只能逼你落荒而逃。所以余光中先生说："滥用扩音器逼人听噪音的社会，不是落后，便是集权。"

以前，听音乐也受限制，全国上下八部样板戏加一首《东方红》和语录歌。20 世纪 70 年代听邓丽君被视为大逆不道，那可是"靡靡之音"啊。现在，听什么人们可以自由选择了。但音乐不是廉价的商品，不是厅堂的摆设，不是发泄的工具。音乐不能滥，音乐滥了就形同虚设。音乐滥了，就如同空气受了污染。音乐，玩得好是一种享受，玩不好是让耳朵受罪。譬如在公园里、大街上唱卡拉 OK，若是遇上个五音不全的主儿，路人捂耳朵都来不及，哪里谈得上什么享受，这等于把自己的幸福建立在别人的痛苦之上。譬如迪吧，震耳欲聋的音乐没命地在那里轰响，人在没命地摇，没命地蹦，仿佛世界末日来临。小青年挤在一起感觉很享受，像吃了摇头丸似的灵魂出窍，患心脏病的人进去很有可能就直接病发。这种没有内核，只有发泄性情的高分贝音响，还叫音乐吗？人在那种环境下难道不会迷失了自我？

艺术贵在真诚，音乐可以观照心灵。好的音乐是天籁，用明媚的阳光温暖芸芸众生；好的音乐是天使的歌唱，用温柔的声音抚慰心灵；好的音乐是山间的清泉，一点一滴地沁人心脾。"随风潜入夜，润物细无声"，音乐比任何艺术都伟大之处，在于它能够直接地渗入人的心灵，可以让空泛、麻木的心忽然丰富起来，生发出一些美好的心境、感想与爱意。音乐永远是和谐与平衡的，我们在音乐中可以找到自己的心灵家园。沉浸其中，我们的头脑、心灵便有了个休憩的地方，不至于在喧嚣中迷失自己。

用音乐装点风景

提起旅游文化，人们的思维定式往往都集中在自然景观、民俗风情、历史掌故、文物古迹、民间传说、建筑雕塑、风光摄影以及食宿交通等方面，而很少将音乐这一无形无影，却又入耳牵心、怡情养性、除乏解闷的艺术形式与旅游联系在一起。实际上音乐是最能潜移默化渗透到人们的精神生活中去的，孔子早就说过："移风易俗，莫善于乐。"音乐与旅游文化的联姻同样是大有可为的。

德国北莱茵州利用风光旖旎的巴尔沃岩洞自然音乐厅每年举办国际艺术节，吸引了世界各地众多的音乐团体和音乐爱好者前往演出交流、旅游观光，此举名利双赢，音乐、旅游相辅相成，相得益彰。

刘三姐的故乡——广西壮族自治区，以民歌搭台，唱起了旅游文化大戏，以颇具特色的南宁国际民歌艺术节，吸引中外游客蜂拥而至，此举既繁荣了民族民间艺术，又点旺了少数民族地区的人气，丰富了旅游文化，激活了第三产业，何乐而不为？

浙江温岭长屿硐天也利用独具特色的岩洞音乐厅，把"中国首届岩洞音乐会"搞得有声有色。仙居在景星岩风景区也将"中国首届南北民歌擂台赛"办得红红火火。这景点也是需要人为打造的，特别是在浙江台州这个名不见经传的地方，这里既没有黄山、泰山，也没有北戴河、西子湖，更没有兵马俑、莫高窟这样引以为豪的名胜古迹，但是这里的人民有眼光、有智慧、有胆识，愣是在几个小景点里弄出点动静，打出"中国首届"的品牌，令旅游界、音乐界刮目相看。

用音乐装点风景虽然是无形的，过后亦即烟消云散，芳踪无觅，但名歌、名曲、名人效应却往往可以出奇制胜，收到意想不到的效果。这里略举一二，可资借鉴。

据报道，四川省旅游部门为了宣传二郎山，就运用名歌《歌唱二郎山》为其旅游景点服务。这首由著名作曲家时乐蒙创作于20世纪50年代的慰问进藏修路部队的歌曲，如今被连词带曲雕刻在峻峭的二郎山岩壁上，以激发游人唤起往日的回忆，又通过歌曲的内容来观赏今天的二郎山，通过歌曲的宣传，康藏公路上名不见经传的二郎山变得遐迩闻名。

黑龙江省旅游部门用一首《太阳岛上》使北国松花江上的一个千余公顷的普通小岛名扬四海。哈尔滨市政府进而推波助澜，隆重授予该曲作曲家王立平，首唱歌唱家郑绪岚以“荣誉市民”称号。此一系列旅游文化举措使游人数量猛增，自1979年电视剧《哈尔滨的夏天》上映和该歌传唱以来，每年奔太阳岛的游人平均达450万人次，可谓音乐、旅游双丰收。

新疆旅游部门充分发挥那首早已风靡海内外的民歌《达坂城的姑娘》的“名歌效应”，将它用于旅游宣传促销收到奇效。现在，许多到新疆旅游的中外游客，在从乌鲁木齐到吐鲁番的路途中，总要把达坂城这个颇具神奇色彩、引人遐思的地方当作一处旅游景点停车驻足。他们要逛逛这座小城，更想循着歌声去留心看一看达坂城的姑娘。这时，常常能看到游客们情不自禁地唱起《达坂城的姑娘》，手舞足蹈，陶醉其间，流连忘返。

1981年底，中国音乐家协会和福建音乐家协会组织一批词曲作家到福建采风，张藜、红曙、钟立民在鼓浪屿登上了日光岩，极目远眺，遥想当年郑成功从这里领兵渡海，拼死战斗，终于赶走荷兰殖民者，使台湾重回祖国怀抱。思及今日，台湾与大陆尚处于隔离状态，不禁思绪万千、感慨于怀，共同写下了《鼓浪屿之波》这首歌。如今《鼓浪屿之波》在厦门随处可闻，成为厦门的城市名片。厦门海关大楼准点报时的音乐就是《鼓浪屿之波》。在厦门的许多公共场所，这首歌曲也常常被用作背景音乐，旅客们可以在厦航的飞机上听到这首歌曲的动人旋律。《鼓浪屿之波》的乐谱还被镌刻在厦门环岛路的隔离带上，成为目前世界上最长的五线谱音乐雕塑。

许多音乐作品在创作时原本没有想到可以为景点增添亮色，但经过长时间的流传，随着知名度的不断扩大，地方特色的不断强化，一些歌曲居然成了地方名片，成了旅游景点的宣传曲，无形中起到了为旅游服务的效果。如《太湖美》《洞庭鱼米乡》《阿里山的姑娘》《人说山西好风光》《月光下的凤尾竹》《神奇的九寨》《美丽的张家界》《黄果树瀑布》《三峡情》《克拉玛依之歌》《吐鲁番的葡萄熟了》《请到天涯海角来》《我爱五指山，我爱万泉河》《走进西藏》《青藏高原》《天堂》《远方的客人请你留下来》《无锡景》……皆有教人听曲览胜景的功效。

此外，云南丽江的纳西古乐，贵州黔西南州布依族的八音坐唱，维吾尔族的木卡姆，藏族囊玛，侗族大歌，苗族飞歌，傣族泼水节，彝族火把节，蒙古族那达慕，壮族歌圩，潮州锣鼓，福建南音，广东音乐，江南丝竹，苏州评弹……均以其独特鲜活的民族风情，原汁原味的乡土文化，淳朴地道的地域风格，千姿百态的音乐艺术形态，吸引了海内外的游客。古往今来，多少名山大川、人文景观不胜景仰，不胜赞叹，不胜讴歌。让音乐去装点那一道道靓丽的风景吧。

河流与名曲

一条著名的河流往往是人类文明的摇篮，也是民族精神的象征。历史上的四大文明古国中国、印度、埃及与巴比伦就诞生于黄河、印度河、尼罗河和"两河"(幼发拉底河、底格里斯河)流域。千百年来，在全世界大大小小奔腾不息的江河上诞生了多少讴歌她们的不朽名曲。在以河流为题材的音乐作品中，我们可以读到一个国家荣辱兴衰的历史诗篇和民俗风情的壮丽画卷。

黄河，中华民族的母亲河，中华五千年灿烂文化的摇篮，更是中华民族不屈精神的象征。滔滔黄河水哺育了亿万中华儿女，因为有了黄河水的色素沉淀在我们的肌肤上，因为有了黄河魂的精神气质渗透进我们的灵魂中，无论走到世界的任何地方，我们黑头发黄皮肤的中国人都能被一眼认出。诞生于抗日战争时期的《黄河大合唱》，就是一部具有强烈的时代精神和民族特色的经典之作。这首光未然作词，冼星海作曲，创作于 1939 年，中国近现代音乐史上具有里程碑意义的大合唱，以我们伟大民族的发源地黄河为背景，以宏伟的气魄，博大的胸怀，饱满的激情，精湛的技巧，热情讴歌了中华民族的伟大精神。音乐中人们深切地感受到黄河的源远流长，黄河的气度，黄河的悲壮，黄河的屈辱，黄河的觉醒，黄河的抗争，黄河的力量，黄河的不竭生命力。

长江，中国最长的河流，全长约 6300 公里，仅次于非洲的尼罗河和南美洲的亚马孙河，为世界第三大河。中华民族的又一条母亲河。王世光作曲，胡宏伟填词，诞生于 1983 年的《长江之歌》，是一首气势磅礴、热情豪迈的抒情歌曲，讴歌了长江的壮丽景色，抒发了各族人民对祖国锦绣河山的无限热爱。歌曲从宏观的角度，以概括的手法，饱含深情的语句和博大宏伟的气势，描绘了长江的自然风貌并赋予它巨人般的性格。作曲家钟信明创作的交响曲《长江画页》和王义平创作的交响音诗《长江三峡素描》，都是描绘长江绚丽多姿的景色和两岸人民的风土人情，热情赞颂祖国大好河山的佳作。

伏尔加河，俄罗斯的母亲河，也是欧洲最大的河流，孕育了俄罗斯灿烂的文化艺术。俄罗斯民歌《伏尔加船夫曲》，就是在这条河上诞生的杰作。深沉有力的号子声唱出了河上船夫们对黑暗社会的不平与愤慨，以及对光明的渴望。此曲经由夏里亚宾的演唱后，已成为世界上最受欢迎的男低音独唱曲之一。它与列宾的油画《伏尔加纤夫》，亚历山大罗夫的《伏尔加纤夫曲》等，都是伏尔加河孕育出来的艺术精品。

密西西比河，美国最大的河流，这条河上唱出了一首脍炙人口的黑人歌曲《老人河》(又名《密西西比河》)。歌曲真切地反映了美国黑人的悲惨生活，无情地鞭挞了种族歧视制度的罪恶。这首曾被作为美国民歌的《老人河》，其实是美国作曲家克尔恩于 20 世纪 20 年代为音乐剧《游览船》写的一首插曲。此歌由美国黑人男低音歌唱家保罗·罗伯逊首唱后，很快风靡了全球，成为男低音独唱的代表曲目。美国作曲家格罗菲的交响组曲《密西西比河》，是一首采用印第安曲调、爵士乐、非洲黑人音乐等素材创作的反映密西西比河流域风土人情的名作。

多瑙河，欧洲第二大河，是世界上流经国家最多的一条河流。它发源于德国西南部，自西向东流经奥地利、捷克、斯洛伐克、匈牙利、克罗地亚、前南斯拉夫、保加利亚、罗马尼亚、乌克兰 9 个国家后，注入黑海。描写多瑙河的乐曲不胜枚举，但最负盛名的还要数奥地利作曲家约翰·斯特劳斯创作于 1867 年的《蓝色多瑙河》，这首圆舞曲被称为奥地利的第二国歌，享誉全球，它将与美丽的多瑙河永远共存。有关多瑙河的另一首名曲，是罗马尼亚作曲家伊凡诺维奇创作的《多瑙河之波圆舞曲》。它节奏明快，旋律优美，热情讴歌了多瑙河两岸迷人的风光和动人的故事。

莱茵河，发源于瑞士阿尔卑斯山，穿过德国东部，流入北海，是欧洲的又一条大河，蕴含着丰富的自然、人文景观。莱茵河上，有一座高132米的悬岩，名叫罗雷莱岩。莱茵河流经岩南，向东拐弯，发出巨大的回声，因此这座悬岩又名“声闻岩”。传说从前有个美丽的女妖，名叫罗雷莱，她整天坐在悬岩上，一边梳理金发，一边唱着迷人的歌曲，引诱河上的船夫，来往的船夫听了她的歌唱，纷纷触礁撞岩，遭到覆舟之祸。以罗雷莱为题材的诗歌、小说、歌曲、器乐曲、歌剧，自19世纪以来层出不穷，海涅的叙事诗《罗雷莱》就是其中之一。德国作曲家西尔歇把它谱成民歌型的分节歌，匈牙利作曲家李斯特把它谱成了艺术歌曲，后来，又将它改编成钢琴独奏曲。德国作曲家舒曼的《第三(莱茵)交响曲》，是莱茵河生活的音乐画册，其中五个乐章分别描绘宏伟的教堂、迷人的景致、生活中的舞蹈场面、宗教仪式中的庄严形象、过去的历史以及节日的欢乐等。

沃尔塔瓦河，捷克最大的河流。发源于舒马拉林山，由两条支流汇合而成，它流经森林、田野和古老的城堡，经过布拉格，在美尔尼克附近与易北河合流。它南北纵贯捷克全境，滋润着捷克美丽富饶的国土，它是捷克民族文明历史的见证。捷克作曲家斯美塔那在他的交响诗套曲《我的祖国》第二乐章中，以《沃尔塔瓦河》为题，描绘了沃尔塔瓦河沿岸一幅幅美丽的图画和诗一般的传说，以及两岸人民的生活、风俗、传统和历史遗迹，由此抒发了作者对祖国山河的无比热爱，赞颂了波希米亚民族的伟大精神。

梭罗河，印度尼西亚爪哇岛上的最大河流。梭罗河畔土地肥沃，物产丰富。印尼作曲家格桑于1940年，面对梭罗河两岸美丽的景色，浮想联翩，满怀激情地写出了节奏舒缓悠长，旋律流畅优美的《梭罗河》，歌曲唱出了印尼人民对母亲河的无限热爱之情。

尼罗河，全长6670公里，是世界最长的河流，埃及古老文明的摇篮。埃及民歌《尼罗河畔的歌声》广泛地流传在尼罗河两岸，并跨越国界，传遍了世界。歌曲具有鲜明的埃及民间风格，欢快明朗的曲调传达出埃及人民勤劳勇敢的性格和丰收后的喜悦心情，表现了居住在尼罗河畔两岸的人民对家乡的热爱、对劳动的赞颂和对生活的憧憬。

德聂泊尔河，是流经乌克兰的一条大河，为欧洲第三大河。乌克兰民歌《德聂泊尔》以河流为载体，出色地体现了乌克兰民族的性格，宽厚、深沉。歌中唱道："滔滔的德聂泊尔汹涌澎湃，狂风怒吼，落叶纷飞，高高的枞树弯到那地面上，德聂泊尔河上波涛翻滚……"歌曲在呻吟中喷薄出呐喊，沉重中孕育着希望，给人以内在的力量。

罗纳河，法国第二大河，发源于瑞士，流经法国而入地中海。法国现代作曲家米约的《第八交响曲》即为《罗纳河》，全曲分四个乐章：1.描写河流发源地罗纳冰川地带；2.罗纳河流经日内瓦湖；3.河水奔腾，涌向法国南部；4.百川会聚，直泻地中海。

亚马孙河，全长约6440公里，南美第一大河，在世界河流中位居第二，也是世界上流域面积和流量最大的河流。它浩浩荡荡，千回百转，蜿蜒流经秘鲁、厄瓜多尔、哥伦比亚、委内瑞拉、圭亚那、苏里南、玻利维亚和巴西等国，滋润着约800万平方公里的广袤土地，孕育了世界最大的热带雨林，使亚马孙河流域成为世界上公认的最神秘的"生命王国"。巴西作曲家维拉－罗勃斯对巴西音乐最独特的贡献是一组十二首题为《乔罗》的作品。"乔罗"是一种巴西印第安音乐与流行音乐的综合体，其中第十首是合唱与乐队，描写一个文明人对大自然的感触：宏伟壮丽的亚马孙河谷和帕拉州大地，使他狂喜；故国的天空、流水、树木和飞鸟，使他无限迷恋；他对这块土地充满了乡愁和爱。

两河流域孕育了世界最早的古代文明——巴比伦文明。伊拉克民歌《在底格里斯和幼发拉底两河之间》就是一首诞生在这块土地上的古老歌曲。歌曲的内容唱的是在底格里斯和幼发拉底两河之间，也就是在美索不达米亚平原上，有一位少女要求金鸟寻找她的恋人，并把他带到她身边。据说这首歌是一首以古老的传说为基础的爱情诗，表现了两河流域的风土人情。

黄土地的回声

有人说，“不听信天游，便不知道黄土地，不懂得黄土地上的人们，就无法读懂中国。”民歌是历史的缩影，民俗的画卷，时代的回音，大众的心声，我们有理由相信，信天游便是一部黄土地的史诗。

黄土地是中国的脊梁，背负着中国沉重的历史，承受着民族深重的灾难。在这片土地上生活的人们，为缓解恶劣的自然环境造成的生活压力，创造了信天游这样一种宣泄陕北汉子真性情的民歌。江南小调让我们认识柔性的中国，陕北民歌则使我们了解阳刚的中国。听陕北民歌，你会想到寸草不生的黄土高原，浑浊奔涌的黄河水，坐在土坑上纺线的陕北婆姨，还有罗中立那幅著名的油画《父亲》里的那个额头满是沟壑的父亲形象，当然，也会想到中国最著名的颂歌——《东方红》，它的原型便是信天游。

在贫瘠而厚重的黄土地上，为驱走心中的寂寞与凄楚，宣泄生活的苦难，赶牲口的脚夫们用悲凉的声音，唱起信天游，歌声在辽远空旷的原野中散开，隐隐还传来山谷的回音，恢宏而悲壮。有一次，在电视里听到陕北民歌王贺玉堂演唱的《庄稼汉》，我被那悠悠荡荡、高亢苍凉的腔调，散发着浓浓黄土味的嗓音感动着，“深不过(呀)那个黄土地，高不过个天。吼一嗓信天游，唱唱咱庄稼汉。水圪灵灵的女子(呦)虎圪生生的汉，人尖尖就出在这九曲黄河边。山沟沟里那个熬日月，磨道道里那个转。苦水水里那个煮人人，泪蛋蛋漂起个船……”你听这歌词，多有泥土气息啊！只有山峁连绵、沟壑纵横、沙丘起伏的黄土高原，才能产生如此高远、辽阔的民歌；只有土质瘠薄、雨量稀少、气候恶劣的自然环境，才能孕育如此悲凉、激越的音乐；只有性格豪放、敦厚朴实、情感炽热的劳动人民，才能如此酣畅淋漓地流露真性情，将生活的酸甜苦辣倾注在一曲曲信天游中。

滕文骥导演的电影《黄河谣》在我脑海里留下了深刻印象。影片中那个高亢的男高音唱道："说不清，你流了多少月多少年。你转过多少弯翻过多少山。向前走背着那九重天。不回头吆着那万条船。黄河呀，你才是男子汉！"这分明是黄土高原上的汉子用生命的激情在演绎那九曲黄河的沧桑历史，这种撼天动地的歌声非黄土地莫属。

反映陕北题材的电影除了《黄河谣》，还有《黄土地》，两者共同的特点是将陕北民歌当成电影不可或缺的元素，并浓墨重彩地将民歌的意境挥洒到了极致。《黄土地》是陈凯歌影片中最令人震撼的一部，除了镜头下黄土高原特有的悲凉之美外，片中的民歌更是慑人心魄。主人公翠巧在目送八路军文艺工作者走时，在一片贫瘠荒凉的圪梁梁上唱起忧伤的信天游，眼神里透着孤独与无助，那是一种入骨的悲凉。信天游意为歌声顺天而游，任思绪自由飞扬。当一个人在空寂的旷野上，回想生活的种种不幸，或是想起远方心爱的人儿，唱起信天游来就显得格外伤感。看过电影《人生》的观众，对其中的插曲《叫一声哥哥你快回来》一定还有印象，想必还会为女主人公刘巧珍的命运掬一把同情的泪水。故事发生在陕北高原，音乐当然是陕北的味道。那种送别心上人的落寞和悲凉，让人听了就要落泪。这首歌是许友夫作词作曲的，现在人们已将它当作陕北民歌传唱。

茫茫的黄土地成了陕北人尽情抒怀的大舞台，他们无论喜怒哀乐、悲欢离合，都要敞开嗓子吼一吼信天游。当地老百姓说："信天游，不断头，断了头，穷苦人就无法解忧愁。"当人无法改变自己的命运时，与其自怨自艾，长吁短叹，不如融入自然，苦中作乐，唱曲子解忧愁。当他们遇到生活的不幸难以排遣的时候，就唱起了信天游。陕北人说："女人们忧愁哭鼻子，男人们忧愁唱曲子。”无论是何种心情下的歌唱，陕北民歌的歌词都是质朴而炽热的，绝无造作；陕北民歌的曲调都是优美而浓烈的，酣畅淋漓。黄土地人粗犷、直率的性格，真实地体现在民歌中。还记得王宏伟的专辑中，有一首叫《泪蛋蛋抛在沙蒿蒿林》的信天游吗？“羊肚肚手巾三道道蓝，咱们见面面容易，拉话话难。一个在那山上一个在沟，咱们拉不上那话话，招一招手。瞭得见那村村呀瞭不见人，我泪蛋蛋抛在沙蒿蒿林。”没有漂亮的辞藻、矫饰的煽情，有的是直白的方言，土得掉渣的歌词，荡气回肠的旋律，将贫瘠黄土地上的青年男子对心上人的那份痴情与守望凸现得淋漓尽致。在高亢、豪放的旋律中透出一股入骨的凄怆。江南小调将爱情的羞涩与酸楚唱得温婉曲折，缠绵悱恻，而陕北信天游却是小伙子敞开胸怀对着高天厚土一声吼。这一声吼将心中的郁结，生活的艰辛和命运的不济统统抛到九霄云外。

民歌生长的土壤是民间，是山野，是草原，是村寨，离开了民间，民歌就不再是纯粹的了。听民歌最好是听清唱的，方言的，原生态的，听头扎羊肚巾的贺玉堂、王向荣、孙志宽、石占明他们演唱的原汁原味的信天游。一些现代电声乐器伴奏的、扭曲了旋律的、不伦不类的民歌只会倒人胃口。其实，最好的嗓子在民间。城市里养尊处优，吸污染空气，吃污染食物的歌手，哪有喝清冽泉水，生活在空旷山野的牧羊人那样清新的嗓子，哪有他们没名利羁绊，在天地间自由放歌的豪情和纯真？

有一首《走西口》这样唱道：“叫一声妹妹哟你泪莫流，泪蛋蛋就是哥哥心上的油。实心心哥哥不想走，真魂魂绕在妹妹身左右……”这就是我所激赏的西北民歌。还有《蓝花花》《三十里铺》《赶牲灵》《脚夫调》，以及许多叫不上名儿的陕北农民张口就来的原始民歌。听其歌你会感悟到纯真的爱，质朴的爱，最值得称颂的爱还是属于那些土里生土里长，面对黄土背朝天，日晒脊梁汗洗脸，在原始劳作中油然而生的那份至诚至真的情怀。

散文家梁衡在其《大道无形，真情无文》一文中说，“古往今来有多少吃爱情饭的作家，从曹雪芹到张恨水到琼瑶，连篇累牍，其实都赶不上塞外这些头缠白毛巾的小伙子掏出心来对着青天一声吼。”话虽说得过分了点，但民歌如同电流般地直击心灵，确实具有挡不住的魅力。

多情自古伤离别

离愁别绪，乃人生之况味，也是艺术创作的永恒主题。古往今来，表现离愁别绪的文艺作品数不胜数。离别的缘由和境况，各不相同，或背井离乡，双亲久违；或征人远戍，闺中空寂；或求功名，不辞奔波。缘由不同，情致各异。可谓一般离愁，万般情怀。

音乐比文学更直达心灵，善于抒情，以音乐表现离愁别绪则多了一份缠绵与柔情，款曲与委婉，也多了一份悲悯情怀与感人力量。人们在一咏三叹，抑扬顿挫，余韵缭绕中品出了悠远、绵长的人间沧桑，儿女情长。中国式的离愁别绪在哀怨感伤的慨叹中，深藏着对生命的强烈欲求与留恋，它超越了对个体命运的关注而升华为一种社会民族的悲剧情怀，具有更为普遍、更为深刻的美学含义。（施咏，《中国人音乐审美心理概论》）

正如台湾学者韦政通所说："中国人的悲剧感，是由历史的兴亡和世事的无常中表露出来。……中国悲剧感人的力量，是在能揭开生命与世事虚幻无常的实相，并由此激起的大悲与深情。"在中国传统音乐中，无论是征怨、闺怨、相思、怀乡，还是悲秋、伤春、暮愁、夜怅，都关乎离愁别绪，我们不妨把表现离别题材的音乐作品分为以下几种：一是送别之时的依依难舍，即惜别之情；二是处于分离状态下的孤寂之苦，相思之愁；三是生离死别，即永别之痛。

惜别之情

"悲莫悲兮生别离，乐莫乐兮新相知。"——战国·屈原《九歌·少

司命》

屈原早在两千多年前就说过，人生最大的悲伤莫过于活生生的离别，最大的快乐莫过于新结了好朋友。古人远征、劳役、逃亡、贬谪、放逐、迁徙、游学、经商、从军……往往浪迹天涯，远离故土，一别经年，生死茫茫。古时候交通不便、通信落后、信息闭塞，人们在离别时刻往往会生发出许多愁绪、幽怨和慨叹，将这些离愁别绪、幽怨慨叹升华为诗词歌赋、琴瑟管弦，于是，就有了表现离乱中骨肉分离的《胡笳十八拍》，表现亲朋好友之间依依惜别的《阳关三叠》，表现夫妻、情侣之间难舍难分的《新婚别》《走西口》《梁山伯与祝英台》《孔雀东南飞》……

《胡笳十八拍》是我国音乐史上一首杰出的古典名曲。它以十分感人的曲调诉说了汉代才女蔡文姬不堪回首的悲惨经历，反映了战乱给人民带来的深重灾难，抒写了主人公对故土的深沉思恋及骨肉分离的痛苦心情。当年战乱中被匈奴掳去，使她苦熬于思乡之情，“无日无夜兮不思我乡土”“一生辛苦兮缘离别”。曹操平定中原后，以重金赎文姬归汉，却又使她为亲生骨肉分离而陷入去留两难的境地，“抚抱胡儿兮泣下沾衣……一步一远兮足难移，魂销影绝兮恩爱遗”“母子分离兮意难任，同天隔越兮如商参，生死不知兮何处寻”。对于文姬来说，故土和子女都是她人生最大的惦念，她渴望归汉又不舍儿女，极度的忧虑、痛苦、不安和矛盾纠结在一起，“天与地隔兮子西母东，苦我怨气兮浩于长空，六合虽广兮受之应不容”。蔡文姬的人生是在颠沛流离中度过的，她的《胡笳十八拍》可谓倾诉离伤之绝唱。

《阳关三叠》是根据唐代诗人王维的《送元二之安西》发展而成的一首琴歌。“渭城朝雨浥轻尘，客舍青青柳色新。劝君更尽一杯酒，西出阳关无故人。”王维这首诗在唐代就曾以歌曲形式广为流传，后来又被谱入琴曲，以琴歌的形式流传至今。三叠指的是全曲三段基本上是一个曲调变化反复三次。《阳关三叠》表达了人们最普遍的离愁别绪，这种一咏三叹、缠绵悱恻的音乐，颇能引发世人的情感共鸣。作曲家王震亚曾将它改编成混声四部合唱;胡登跳将它改编为丝弦五重奏;闵惠芬将它移植为二胡独奏曲;黎英海将它改编成钢琴独奏曲。一曲《阳关三叠》从古唱到今,唱不完的渭城朝雨,望不断的阳关古道,折不尽的杨柳依依,道不明的聚散离合,全在古曲琴歌的诗韵乐意中。如今,《阳关三叠》已成为离别唱酬的代名词。

二胡协奏曲《新婚别》取材于杜甫的同名诗篇创作而成。这首带有叙事性的二胡曲,以如泣如诉的音调描写了唐代安史之乱时丈夫忍痛从军,妻子含泪送别的悲惨情景。全曲由"迎亲""惊变""送别"三部分组成,音乐中运用"紧打慢唱"的手法,二胡"慢唱"恰似新娘的哀号乞求;乐队则以急促的十六分音符节奏"紧打"逼迫,不依不饶,更添惊慌之状,将官吏的咄咄逼人深夜抓丁与新娘的幽幽哀叹"君今往死地,沉痛迫中肠"形成鲜明对比,表达了作者对那个时代饱受离乱之苦的民众寄予的深切同情。

笛子协奏曲《走西口》,取材于内蒙古西部"二人台"《走西口》的音调素材,乐曲由新婚、哭别、相送、盼望四个乐章组成,淋漓尽致地表现了一对西北农村新婚夫妇的依依别情,感人至深,催人泪下。在第二段"哭别"中,以乐队阴沉的不协和和弦开始,随后竹笛模拟"二人台"的哭腔,奏出凄楚的音调,配以撕心裂肺般的板鼓"撕边"敲击,表现悲剧的到来。第三段"相送"则是由低沉委婉的曲笛吹奏出如泣如诉的送别主题,描写在西去的路口,妻子含泪送别丈夫的辛酸场面。"哥哥你走西口,小妹妹我实在难留,手拉着哥哥的手,送哥送到大门口。"《走西口》是山西、陕西、内蒙古三省、自治区最具代表性的民歌。这是背井离乡外出谋生的人们辛酸生活的真实写照,它反映了生活的艰辛,离别盼归的思绪和男女之间的情爱。

小提琴协奏曲《梁山伯与祝英台》中的"长亭惜别"运用缠绵悱恻的旋律,抑扬顿挫的句读,小提琴、大提琴的复调对答,造成欲言又止,一步一回头的艺术效果,使人在伤感和惋惜的乐思中真切地感受到梁山伯与祝英台情深似海、难舍难分的动人场面。这段如泣如诉、互诉衷肠的音乐，把梁、祝二人的惜别之情刻画得淋漓尽致，真乃“三载同窗情深似海，山伯难舍祝英台”。

相思之愁

“明月不谙离恨苦，斜光到晓穿朱户。”——宋·晏殊《蝶恋花》

人在离散状态下才有相思之愁。相思之愁不外乎思念故土，思念亲人，思念情人，思念朋友，思念逝去的美好时光。而这一切都与离别有关，因为背井离乡，浪迹天涯，所以格外思乡，渴望早日与亲人团聚；因为独守空房，孤寂难挨，所以触景生情，感叹春光易逝，韶华难返。于是，就有了李白的“举头望明月，低头思故乡”；王维的“独在异乡为异客，每逢佳节倍思亲”；王安石的“春风又绿江南岸，明月何时照我还”；李清照的“一种相思，两处闲愁。此情无计可消除，才下眉头却上心头”；李之仪的“我住长江头，君住长江尾，日日思君不见君，共饮长江水”这样感人的词。也有了《文姬思汉》《昭君出塞》《妆台秋思》《闺怨》《长门怨》《双声恨》《汉宫秋月》《苏武思君》《月满西楼》《我住长江头》《思乡曲》《塞外情思》《怀乡行》《想亲亲》《信天游》《绣荷包》《想情郎》这样动人的曲。

二胡协奏曲《不屈的苏武》是彭修文根据汉族民歌《苏武牧羊》和琴歌《苏武思君》为音乐素材创作的一首民乐曲。第二乐章“思汉怀乡”，中胡在乐队渲染的空旷凄凉的背景上，奏出琴歌《苏武思君》的主题，迟缓凝重，流露出苏武欲归而不得的痛苦。清澈的笛声则将苏武的思绪引回到遥远的祖国；乐队奏出的民歌主题，表达了苏武由怀乡而产生的坚定信念。千百年来，苏武“威武不能屈，贫贱不能移”的高尚气节始终作为中华民族精神的象征为人们歌颂。

广东音乐《双声恨》取材于牛郎织女的传说，乐曲表达了一对有情人在倾诉相思之情时的幽幽愁绪。乐曲开始的慢板段落，色彩暗淡，曲调哀怨缠绵，多段旋律的重复如泣如诉，缠绵悱恻。在旋律发展中一些特性音调常被重复使用或递变，造成一种连绵不断的音乐效果，成功地表现了闺中妇女流不完的血和泪，诉不完的恨和愁。正如该曲传抄谱中的歌词所写："愁人怕对月当头，绵绵此恨何日正当休，悔教夫婿觅封侯。瘦为郎瘦，羞为郎羞，韶光不为少年留。哎呀，恨悠悠，几时休，飞絮落花时节一登楼，遍洒春江都是泪，流不尽，别离愁……"

我国早期艺术歌曲《我住长江头》是青主根据北宋词人李之仪的《卜算子》谱曲而成。"我住长江头，君住长江尾。日日思君不见君，共饮长江水……"写出了隔绝中的永恒之爱，青主以清新悠远的音乐体现了原词的意境而又别有寄寓，寄托了对离乱岁月殉难战友的深沉思念，从一个侧面反映了那个时代的爱国文人对祖国的深切忧思。

小提琴独奏曲《思乡曲》原是马思聪1937年所作《绥远组曲》（现称《内蒙组曲》）中的第二首。如泣如诉的旋律表现了远离家乡的人们对故乡的思念之情。乐曲的主题直接采用内蒙古民歌《城墙上跑马》的旋律，由四个短小、均等的乐句组成，每一乐句都呈波浪形线条而递次下降，加之商调式柔和的色彩，使旋律具有浓郁的怀乡情调。人生的无奈，莫过于背井离乡，寄人篱下。游子远行，最后的心愿是叶落归根，可是这对马思聪来说是个遥遥无期的奢望。有谁的乡愁能够超越马思聪这位晚年被迫离家出走的游子呢？《思乡曲》是马思聪永恒的心曲，乡愁是马思聪心中永远剪不断，解不开的结。

永别之痛

"上穷碧落下黄泉，两处茫茫皆不见。"——唐·白居易《长恨歌》

所谓永别，就是阴阳两隔的生死别离。人生最大的痛苦莫过于失去亲人和朋友，古人谓人生有三大不幸：少年丧父（母）、中年丧妻（夫）、老年丧子（女）。人在极度悲伤的情况下，往往会长歌当哭，悲天恸地。于是，就有了《易水歌》《广陵散》《霸王卸甲》《江河水》《孟姜女》《哭七七》《小白菜》《长恨歌》《乌江恨》《临安遗恨》这样的音乐作品。

《广陵散》源于《聂政刺韩王曲》，其历史可以追溯至汉代。该曲表现的是聂政为父报仇刺杀韩王的故事。魏晋时期，《广陵散》与嵇康的死联系在一起，更加重了这首琴曲的传奇色彩。嵇康为人耿直，不媚权贵，愤世嫉俗，桀骜不驯，故为权奸所忌恨，在40岁壮年之时被司马昭以莫须有的罪名杀害。临刑当天，嵇康气宇轩昂地走入刑场，神气不变，潇洒地索琴奏一曲《广陵散》以寄托自己的情思，并仰天长啸："《广陵散》于今绝矣！"从此，《广陵散》成为中国知识分子生命绝唱之象征，视死如归之写照。

琵琶曲《十面埋伏》与《霸王卸甲》均以我国历史上的楚汉相争为题材，描绘刘邦和项羽在垓下决战的情景。《十面埋伏》主要是对战争场面的渲染，而《霸王卸甲》对于战斗的描写并没有花更多的笔墨，而是着重通过"楚歌"和"别姬"两段以表现西楚霸王项羽的英雄悲剧。"楚歌"一段，琵琶用长轮奏出绵绵不断、凄凉悲切的曲调，节奏自由的旋律通过渐强渐弱的力度变化，如泣如诉，令人愁肠欲断。"别姬"的旋律则以短小的句幅相对答呼应，急促的音调和用推拉技法奏出的滑音，更深刻地表现了项羽于四面楚歌之中慷慨悲歌、诀别虞姬时的凄惨心情。正所谓："力拔山兮气盖世，时不利兮骓不逝。骓不逝兮可奈何，虞兮虞兮奈若何。"霸王别姬、乌江自刎，古往今来，无论是文学、音乐，还是戏曲、电影，这一幕生死离别的悲壮场景"长使英雄泪满襟"。

清唱剧《长恨歌》取材于白居易的同名长篇叙事诗，描写了唐明皇与杨贵妃的爱情故事。其中第六乐章《宛转蛾眉马前死》是女高音独唱，凄切地表现了杨玉环与唐明皇诀别的哀怨之情。在钢琴沉重的丧葬进行曲的节奏衬托下，如泣如诉的歌声凄楚哀婉，表现杨贵妃一步一步走向死亡时的痛苦心情和临终遗愿。第十乐章《此恨绵绵无绝期》，是混声合唱与男中音独唱，写唐明皇在梧桐叶落、秋雨凄凄的夜晚，独居宫中的孤寂和绵绵哀思。那种萦绕于心头挥之不散的离愁别恨，真可谓"悠悠生死别经年，魂魄不曾来入梦。如今怕听淋铃曲，只一声，愁万重。"

小提琴协奏曲《梁祝》“哭灵投坟”一段，独奏小提琴以散板的节奏与乐队齐奏的快板交替出现，运用了京剧倒板和越剧嚣板紧拉慢唱的手法，将英台悲痛欲绝呼号哭泣的情景刻画得入木三分。鼓、板、锣、钵齐鸣好似晴天霹雳，表现英台纵身投坟，向黑暗的封建势力做最后的反抗。此时，乐队以最强的力度倾泻出怨愤与同情，乐曲达到了最高潮。祝英台坚贞刚烈、舍身殉情，实现了梁山伯与祝英台“生不能同衾，死亦要同穴”的愿望。悲剧的力量在此得到了体现。那以死抗争换得的永久团聚，那梦魂相随形影不离的依依恋情，随着那对亦幻亦仙的彩蝶翩翩飞出。此处的永别，又意味着重生，迎合了中国人崇尚大团圆的审美心理。

人的感情世界和心理活动，尚有许多难以测知的微妙境界，语言文字难以企及，这正好可以利用音乐语言来弥补，所谓“音乐始于词尽之处”。音乐直达心灵，荡胸涤腑，撼人魂魄，能直接地抒咏人的喜怒哀乐。音乐是情感的艺术，音乐的创造性因素蕴含在模仿、象征、暗示和表情等表现手段之中。用音乐抒发离别情愫比之文字更为真切感人，许多一言难尽的深刻含义可以借助音乐得以传神地表露或暗示。因此，以音乐表现离愁别绪是其他任何艺术形式所无法企及的。

江南风情在乐韵间流淌

——听林梦音乐作品专辑

《林梦音乐作品专辑》CD和《林梦民乐作品音乐会》VCD由中国音乐家音像出版社出版发行后，作者第一时间便与我分享了他的成果。这是身边的作曲家创作的“乡音”，令人格外欣喜。

林梦专辑CD收录了民乐合奏《雁荡行》、《隋梅迎春》、琵琶与乐队《渔村情》、二胡与乐队《夫人峰的故事》、扬琴与乐队《括苍风情》以及男女声二重唱《西湖情》、女声独唱《多梦的江南》、《流蜜的江南》和《橘子甜了》、男中音独唱《为你做证》等10首民乐及声乐作品，由浙江民乐团演奏，王军、孔寒冰、王维平、郑颖、陈红冰等演唱。《林梦民乐作品音乐会》VCD收录的是2007年10月浙江民乐团在浙江音乐厅演奏的《山海梦——林梦民乐作品音乐会》演出实况，共有《雁荡行》《渔村情》《金色的季节》《夫人峰的故事》《海边即景》《柳浪闻莺》《千古奇情雷峰塔》《隋梅迎春》等11首民族器乐曲。

林梦现为中国音乐家协会会员、浙江省音乐家协会理事、台州市音乐家协会主席、温岭文化馆研究馆员。他曾有过多年的剧团生涯，其间上山村下海岛，走遍了温岭的山山水水，深受民间音乐熏陶，汲取了丰富的民族音乐养料。他在上海音乐学院干部专修科作曲专业深造的三年，师从何占豪教授，系统地学习了民族音乐作曲技法。长期在基层群文一线工作，积累了丰富的创作素材。林梦多年来创作了大量的声乐、器乐作品，其作品有200多首获得各级奖励。2007年10月，由浙江民乐团演奏、著名指挥家张国勇执棒的《山海梦——林梦民乐作品音乐会》在浙江音乐厅、台州艺术中心剧院、温岭影视城三地成功举行。

林梦的音乐作品具有浓郁的江南风格，乡土题材、乡土素材、乡土风格是他音乐创作的显著特色。林梦音乐作品专辑其实就是一幅幅浙江风情的音乐素描。“流蜜的风流蜜的云，流蜜的江南甜又甜。”（歌曲《流蜜的江南》）江南是甜的，江南有闽江的甘蔗，太湖的红菱，岭南的荔枝，黄岩的蜜橘……江南是柔的，江南有苏杭的丝竹，吴越的软语，东海的渔歌，雁荡的山歌……这一切都化为作曲家笔下那优美的旋律，动人的乐章，浪漫的歌声。林梦的声乐作品《西湖情》（钱建隆词）、《多梦的江南》（华友国词）、《流蜜的江南》（华友国词）和《橘子甜了》（梁临芳词），将江南那温婉曲折的小桥流水，雨巷深处的清幽梦幻，西子湖畔的绵绵柳絮，抒写得又柔又甜，听了令人心醉。

“身缠丝绢半遮脸，娇娜异常惹人爱。”浙江的风光是迷人的，林梦以作曲家的独特视觉观照浙江的自然景观和人文景观，写下了大量浙江乡土风情题材的民乐作品。民乐合奏《雁荡行》以清新的格调描绘了“东南第一山”——雁荡山奇峰怪石，悬崖叠嶂，茂林幽谷，飞瀑流泉的自然景观和游客们如入画中流连忘返的喜悦心情。笛子独奏《柳浪闻莺》营造了烟花三月的西子湖畔，春风和畅、柳丝飘舞、莺声清丽的诗情画意景象。扬琴独奏《括苍风情》描绘了台州第一高峰括苍山雄拔险峻，峰峦叠嶂的山海奇观和山区人民的淳朴民风。琵琶独奏《渔村情》以渔村石塘为题材，那悠扬的螺号，欢乐的渔歌，诙谐的舞蹈，粗犷的鼓声，构成了一幅生动的渔村画卷。二胡独奏《夫人峰的故事》以温岭的标志性景观夫人峰为题材，以二胡与乐队的形式，向人们诉说了一个凄美动人的古老传说。民乐合奏《隋梅迎春》将人引入佛教圣地天台山国清寺的幽雅古朴意境之中；二胡与乐队《桃源奇缘》表现了天台山佛教文化的精髓；《千古奇情雷峰塔》教人想起西子湖畔雷峰塔下许仙与白娘子的美丽传说；《荷塘月色》描写月光下的荷塘那朦胧的景象和宁静的气氛,抒发了知识分子的乡愁和忧思;《桔乡抒怀》抒写家乡黄岩蜜橘丰收时节人们的美好心情;民乐合奏《宁溪灯会》表现黄岩宁溪二月二灯会“作铜锣”的民俗风情和民间音乐活动;琵琶与大鼓《石魂》刻画了长屿硐天采石工人山一样的胸怀,石一样的性格,凝结着温岭石文化的内涵;笙与筝二重奏《故乡社戏》再现了越乡越剧神韵,塑造了故乡人民赶庙会、看社戏的动人场面……

林梦一直把何占豪老师的教导奉为创作宗旨:“民族民间音乐,特别是戏曲音乐,是取之不尽,用之不竭的旋律宝库。”林梦在写作浙江风情的民乐作品时,采用了大量浙江民间音乐素材,乡土元素使其音乐具有浓郁的地域色彩。

《夫人峰的故事》是一曲以温岭的风景名胜石夫人为题材创作的二胡独奏曲。乐曲的主题音调运用温岭民间音乐——道情的素材写成,艺术地再现了一个古老而美丽的爱情故事:一个弱女子勇敢地与封建势力抗争,寻找心中的恋人,化成巨石耸立山崖,海枯石烂忠贞不渝。缠绵悱恻的音乐,抒发了作者对爱情悲剧的无限慨叹,也表达了作者对家乡人文山水的挚爱。此曲在浙江省第三届音舞节中荣获专业组创作一等奖,被认为是“传统旋律与现代技法结合得较好的作品”。林梦说,小时候他经常看到温岭民间艺人一手拍道情筒,一手击竹板走街串巷演唱道情,那亲切朴实的音调至今仍萦绕在耳边。所以,乡土元素早已根植在作者的血脉之中了。

温岭著名的旅游风景区长屿硐天如同地下宫殿,鬼斧神工,它是千百年来采石工人一锤锤、一钎钎人工雕琢出来的,它是一座座凝聚着创造力和生命力的艺术杰作,人间奇迹,温岭石文化的象征。林梦的琵琶与大鼓《石魂》就是以此为题材,采用当地的采石号子与搬运号子的素材写成,形象地表现了台州人民山一样的胸怀,石一样的性格。这铮铮的琵琶声,撼人心魄的鼓声,沉重的号子音调,正是石矿工人劳动生活的生动写照。

石塘有“东方的巴黎圣母院”之称，凡是到过石塘的人们无不为那里独特的渔家风情所吸引，石砌的民居，石铺的街巷，辽阔的大海，悠扬的渔歌，构成了一幅生动的渔村画卷。林梦的弹拨乐五重奏《渔乡即景》由“喊潮、戏浪、听涛、闹海”四部分组成。在“喊潮”中，林梦用了三弦的大跨度滑音模仿渔民粗犷野性的号子，并在三弦的不同音区反复出现，配以古筝的码左刮奏，琵琶的绞弦，柳琴的码外拨奏，形象地描绘了渔民豪放的性格。在“戏浪”中，用了温岭民歌的动机，在各个乐器上错落展开，此起彼伏，欢快活泼，表现了人们在海滩上尽情戏浪的愉快心情。在“听涛”中，用了长线条的旋律，在扬琴流动的分解和弦中由明亮柳琴奏出，尔后是三弦和柳琴的深情对奏，表现傍晚人们在海边漫步，聆听涛声阵阵，潮起潮落的画面。在“闹海”中，林梦基本上原封不动地用了温岭民间舞蹈《大奏鼓》的音调，伴以古筝、扬琴、琵琶敲击琴板发出的类似于打击乐的音响，热情奔放，生动地勾画出渔民丰收、满载而归的狂欢景象。此曲在浙江省乡镇文艺会演中获音乐类唯一的大奖。

民乐四重奏《乡村素描》由“对鸟”“对花”“喜庆”三个小曲组成。在“对鸟”中，他以乐清山歌《对鸟》的落腔作为主题乐思发展而成，用笛子、二胡模仿小鸟鸣唱，轻巧活泼，一唱一和，表现江南山村清晨生机盎然的景象。在“对花”中，选用了仙居民歌《穷人歌》和《阿西圆圆》的素材，在琵琶独奏后，二胡与笛子的对答，充分表现了村民的生活情趣。在“喜庆”中，以温岭民歌《十二月花名》为素材，配以二胡模仿大小锣的打击声，衬托出热烈欢快的喜庆气氛。

古筝与女声《绣花女》，采用当地流传的小调《五更送郎》的素材发展变化而成。优美清新、通俗流畅的旋律，颇受听众的欢迎。恰当地表现了绣花女不仅是普通平凡的劳动者，更是美的创造者。她们用勤劳、灵巧的双手，飞针走线，绣出美丽的世界。绣花是台州民间最普遍的一种妇女手工劳动形式，是小农经济时代家庭妇女的传统产业。现在，随着经济的发展，科技的发达，生活节奏的加快，台州“曾经十万绣花女，创造出口产业第一”的时代已渐渐远去。林梦以古筝这种具有柔美、典雅的东方女性风格的乐器与人声组合形式，通过对绣花女的细腻描写，借以表达一种浓浓的乡土情结和对传统文化的深情守望。

林梦在他创作的民乐作品中广泛采用本土民间音乐素材，使其音乐具有浓郁的乡土风格。正如著名作曲家赵季平所说：“民歌是一方水土沉淀了几千年的一种文化结晶，是这方水土养育的人们精神和感情凝结的活化石。离开这个根，创作就成了无源之水、无本之木，作曲家无法生造具有浓郁民族风格的音乐语言和优美旋律的音乐作品。”

让音乐评论成为音乐生活的风向标

只要有音乐的地方，就会有音乐评论存在。音乐评论亦称“音乐批评”“乐评”，就是对音乐创作、表演、活动等事项的审美判断和文化评价。

音乐批评学相对于音乐学其他分支学科，是一门年轻的学科。作为一门应用性和实践性很强的学科，它是对当前或近期音乐生活中的各种现象进行研究、分析并做出判断和评价的一门学问。简言之，“音乐评论”即对当代音乐的观照和批评。由于其现实性、实践性和应用性，把音乐评论作为一门学科理论来研究的意义远远不及掷地有声的音乐评论实践。任何一门学科理论都是从实践中总结出来的，音乐评论当然也不例外。音乐评论始终是与音乐生活同步而行的，没有音乐生活便没有音乐评论。反过来，音乐评论对音乐生活的指导意义是显而易见的。

音乐评论作为一门应用学科，首先要实践，强调理论从实践中来。音乐评论不能只躲在“象牙塔”里空谈理论，玩味概念。在学科建设中要谨防理论为重、自恃清高的“学院病”。音乐评论应直面社会，面向大众，关注当下，与音乐生活接轨。音乐评论不是关起门来研究抽象的概念和学科理论，音乐评论是在对音乐在感性体验的基础上，加以理性诠释和审美评价。音乐评论要谨防脱离音乐本体空谈音乐理论的倾向。音乐评论的形式无章法可循，可以是短评、随笔、杂文，也可以是书信、访谈、日记、序跋，甚至可以是短信、微博。每一位喜爱音乐的人，都可以对音乐品头评足，都可以写聆听音乐后的感想。不要轻视和排斥普通听众（非业内人士）所发表的言论，这种言论若形成舆论或呼声，其力量及影响往往比专业评论更大，因为这往往代表了一种民意。俗话说“金杯银杯不如老百姓的口碑”，人民才是艺术公正的评判者。

除书籍、报刊之外，音乐评论还可通过集会、讲座、教学或其他的公共舆论工具，如广播、电视、网络等方式来扩大其影响。评论的内容和形式因不同对象而有差异。有专业性较强的偏重理论和技术分析的学术性评论；也有以感性评价为主的面向大众的普及性评论。总而言之，音乐评论是与音乐生活紧密联系在一起的。

音乐评论不同于音乐分析。音乐分析一般是从作曲技术理论的角度针对具体的音乐作品进行技术性、规律性的分析，音乐评论的外延显然比音乐分析宽泛得多。举凡对音乐家、音乐作品、音乐表演、音乐理论、音乐教育、音乐传播、音乐社会活动的一切言论皆可视为音乐评论。乐评人可以是专业人士，也可以是业余“票友”，可以是学院派，也可以是“门外汉”。那些没有进过音乐学府，没有接受过系统音乐专业训练的文人乐迷、客席乐评人、音乐发烧友，谈起音乐来倒有许多珍贵的见解，值得我们去关注。

英国作家萧伯纳就是一位特立独行的乐评人。在19世纪下半叶至20世纪上半叶的英国，他在报刊上发表的专栏乐评文章，通常是音乐家们的风向标。萧翁写乐评不是一时兴之所至客串一番，而是坚持了整整75年，留下了三巨册《音乐评论全集》，向读者生动地展示了一长串19—20世纪英国音乐文化生活的历史镜头。萧翁写乐评从不人云亦云，一味赞美，而是坚持独自感受，独立思考，发表独特见解，敢于并善于对大师们挑刺、抨击，敢于说“不”。在我国，翻译家傅雷、哲学家赵鑫珊、作家肖复兴、画家陈丹青、学者赵世民……他们的爱乐热情、乐评文章同样值得音乐界专业人士借鉴、学习。《中国乐评人手记》一书中出现的诸多乐评人群体，引起了业界的关注。他们中除一部分人从事音乐学研究、教育和编辑工作外，大多从事着与乐评无关的职业，但他们对音乐艺术的执着追求，对音乐事业的热切关注，对音乐评论的积极参与，令人敬佩。他们经常出没于大小剧场和音乐厅，在欣赏音乐的同时，对音乐生活中的各种现象进行剖析，做出判断，并在报刊、网络论坛、博客日志中，抒发自己对于音乐作品、音乐演出、音乐家、音乐书刊和与音乐有关的各种社会现象的见解、评价和感受。他们是音乐人或爱乐人的良师益友，是各类媒体和读者熟悉的音乐批评人。这些由教师、乐手、“老记”、“票友”组成的音乐评论家群体，在当今的中国乐坛中，充当着第一线的音乐评论“专业”前锋，他们以各自迥然不同的角度和文笔，关心着中国音乐的进程，审视音乐事件的得失，提升音乐听众的乐感，改善音乐生活的质量。

音乐界除了关注专业圈子的评价，还应该关注“非业内人士”这一群体，倾听“门外”的声音。这些活跃在第一线的乐评人的声音，往往更贴近现实，接近民意，受众面更广，更容易被老百姓所接受。学院派的音乐批评与普罗大众似乎有一条难以逾越的鸿沟。就舆论空间而言，“学院式批评”相对于“报刊式批评”要狭小得多。“学院式批评”囿于专业界限，常常远离大众视野。特别是在流行音乐领域，我们在社会公共媒体很少听到音乐评论家的声音，即使有，也是少数人的声音。这就说明我们专业人士对社会音乐生活介入不够，而“非业内人士”虽然以积极的态度介入社会音乐生活，但其乐评规格往往又受到专业上的局限，有的是以新闻报道的形式出现，有的则侧重于感性评价或花絮描写，缺乏深度的解读和批判的立场。因此，人们常常抱怨，在中国的音乐生活中缺乏真正的乐评。乐评的影响力还远远没有达到当今社会音乐生活发展的需要。

音乐评论是当代音乐生活发展的必然产物，也是社会音乐生活大系统中的必须环节。音乐评论必须紧密联系音乐生活实际，必须跟踪音乐生活中的新情况，随时注意音乐生活中的新问题。乐评人要以爱乐者的心态，亲历者的姿态，批判者的立场，走进音乐厅、剧院、广场、社区、学校、军营、市井、街巷、乡村、田野等一切与音乐生活有关的现场，直接面对音乐作品、音乐表演，考察乐人乐事，关注社会音乐生活的方方面面。掌握当前音乐学术动态，契合当下音乐评论语境，拓宽音乐评论传播渠道，是音乐评论提升自身影响力的重要途径。因此，乐评人要走出书斋，面向大众，关注生活。那些酷爱音乐的媒体“老记”、业余“票友”之所以能成为乐评人，就是因为他们热爱音乐，参与音乐生活，亲历音乐事件，加上他们有得天独厚的采访、写作和传媒优势。当然，业余票友在专业方面的不足与缺陷也是显而易见的。音乐评论界在关注这一群体的同时，还要提高这支队伍的专业素养和理论水平。

音乐评论的话语表达要贴近生活，贴近民众，贴近实际，而不是高高在上，以生涩隐晦貌似深刻的专业术语拒人以千里之外。“学院式批评”写作要生动、形象，深入浅出，照顾普通读者，不要将原本简单的问题复杂化、抽象化、概念化。“报刊式批评”写作要准确、客观、公正，既要有感性描写，又要有理性分析，还要有批评性话语，不媚俗，不要动辄不是“捧杀”就是“棒杀”。好的音乐评论是一面镜子，可以镜鉴一个时代社会音乐生活的基本面貌，并观照其良莠美丑，审视其成败得失，评判其高下优劣。

在我国近现代音乐史上，音乐评论伴随着音乐事业发展的进程，音乐评论的声音往往是一个时代音乐生活的风向标。如，学堂乐歌时期，梁启超对学堂乐歌的评论；五四新文化运动时期，蔡元培、刘天华、王光祈、青主对“美育”“国乐”“西乐东渐”的评论；抗战时期，聂耳对救亡歌曲的评论，对“靡靡之音”的抨击；建国初期，音乐界对音乐阶级性的争论，对“土洋唱法”的争论；“文革”时期，贺绿汀对音乐界极“左”路线的批评；改革开放后，学术界对新潮音乐、流行音乐的评论……无不烙印着鲜明的时代印记。

因此，音乐评论要突出时代性，关注当下，在现实音乐生活中截取评论的视域和焦点。如果说音乐史研究是“远距离考察”,那么,音乐评论则是“近距离观察”。新时代,有很多音乐现象值得我们去关注,去评说,面对现实生活中纷繁多元的音乐文化现象和社会不良现象,乐评人要有社会良知、独立人格,坚守正确的价值取向和审美标准,敢于说真话,敢于颂扬真善美,鞭挞假恶丑。

乐评人既要以热爱的情怀、宽容的心态接纳不同风格、流派、类型的音乐,又要有褒贬地针对音乐作品及其表演的良莠加以客观的品评。其自身必须具备一定的音乐素养,掌握一定的专业知识,拥有一副“音乐的耳朵”,具有一定的思想理论水平,能对所评论的对象加以分析、鉴别,并有一定的写作水平,能有条理、有逻辑、准确有力地阐述自己的观点和立场。

从音乐评论事业长远发展来看,音乐评论队伍的建设以及评论人才培养问题显得至关重要。要改善当前音乐评论的现状,解决音乐评论现实问题的关键就在于评论者自身的队伍建设。相对于其他学科人才的培养,音乐评论学科建设还是相对滞后的,这又涉及音乐评论与音乐教育的互动关系,在当前音乐教育的实施中,要有音乐评论的一席之地;反之,也要把音乐教育纳入音乐评论的视野。要使音乐评论不被边缘化,就应大力培养音乐评论人才,营造良好的音乐评论环境,积极介入当前社会音乐生活的各个方面,让音乐评论在音乐爱好者中起引导作用,成为音乐家和听众的桥梁,成为音乐生活的风向标。

音乐会的秩序与文明

台湾作家龙应台女士在《什么是文化》一文中写道，……对“价值”和“秩序”有所坚持，对破坏这种“价值”和“秩序”有所抵抗，就是文化。

那么什么东西体现了“价值”与“秩序”呢？当你走进图书馆、博物馆、展览馆、音乐厅、歌剧院，乃至车站、机场、码头、公园、商场，你的一言一行、一举一动，都体现了“价值”与“秩序”，也体现了一座城市和市民的文化底蕴和人文素养。她举了几个例子，梁漱溟先生当年在日本军机的炮弹在身边轰然炸开时，静坐院落中，继续读书；一个台湾老农劝人不要把有字的纸垫坐在屁股底下，并递过去自己肩上的毛巾给人家当坐垫；占领巴黎的德国指挥官在接到希特勒“撤退前彻底毁掉巴黎”的命令时，决定抗命不从，以自己的生命为代价保住一座古城……

于是，我想到了嵇康临刑时从容弹响的那一曲千古绝响《广陵散》，我想到了泰坦尼号沉没前那四个乐师临危不惧，照例专注地演奏着他们的弦乐四重奏，我想到了圣彼得堡战火硝烟中撼人心魄的肖斯塔科维奇《第七交响曲》，我想到了肖邦在沙俄总督的颐指气使面前毅然终止演奏，拂袖离去……音乐是这样的一种艺术，它能够使一个人的灵魂得以飞升，使人类的精神迸发出火花，它有如一支号角，可以唤起一个人乃至一个民族的觉醒，它以声音的高度和谐、严密组织与有序进行，塑造一种无形的美。音乐在时间中遁走，无影无形，却让人感受到其中的结构与逻辑，形式与内容，美感与力量，价值与尊严。

在我看来，音乐是最能体现“和谐”与“秩序”的东西，音乐作品中的旋律、节奏、和声、复调、曲式、配器，以及音乐表演中的默契配合、团队合作、一丝不苟、精益求精，无不注重内在的“和谐”与“秩序”。欣赏这种最能体现“和谐”与“秩序”的艺术，却不讲究和谐，不遵守秩序，怎能称得上文明与高雅呢？音乐会现场以手机铃声和大声嚷嚷扰人，或者不看管好自己的孩子，任其大呼小叫，满场奔跑，影响了现场秩序和听众欣赏音乐的气氛，就是贬损了这种“价值”，破坏了这种“秩序”。艺术的价值体现在和谐、秩序之上，人的文化素养也体现在和谐、秩序之上，这种人与人之间、人与自然之间的和谐、秩序与敬畏，是构建一个和谐社会的前提。人之所以为人，就是由于人的行为习惯不同于一般动物，人的行为习惯受思想意识的支配。受过教育的人，也就是有文化的人，与没有受过教育的人区别何在？是识多少字，掌握多少知识，精通多少技术吗？不是。龙应台女士说，文化其实体现于一个人如何对待自己，如何对待他人，如何对待自己所处的自然环境。在一个文化厚实的社会里，人懂得尊重自己——他不苟且，因为不苟且所以有品位；人懂得尊重别人——他不霸道，因为不霸道所以有道德；人懂得尊重自然——他不掠夺，因为不掠夺所以有永续的生命。

现在提得最响亮的口号是构建和谐社会，其实一场音乐会的秩序也可以折射出社会的文明程度，把欣赏高雅音乐当成赶庙会，口无遮拦，旁若无人，就是不尊重他人，也不尊重自己的表现。作曲家呕心沥血创作的作品，经由演奏家现场倾情演绎，期待什么？他们别无他求，只求听众能够静静地欣赏。倘使你觉得听不懂或者觉得不好听，可以退场，但不可以随意说话，因为这样既影响了演奏，又影响了别人欣赏，也有失自己的身份。

台湾的老伯不让人坐在有字的纸上，就反映了他对知识的敬重，老伯可能不识字，但他的举止言行就体现了一种厚实的人文素养，这种浸透到骨子里的人文精神难道不值得人们敬重吗？音乐，同样是一种文化，不敬重音乐，就是无视文化的价值与秩序。如何敬重音乐？最起码是音乐会现场免开尊口，音乐在响着，不要无视它的存在，不要把音乐家当成附庸风雅的摆设。聆听，就是一种尊重。

谁能解读音乐

谁都知道音乐好听，为什么好听？音乐到底在说些什么？这个简单的问题足以难倒一个音乐学家。于是，有人就搬出“我们欣赏鸟声还管鸟叫的是什么内容吗”的理由来搪塞，干脆来个音乐没有内容，一句话就挡了回去。

当年有人问贝多芬：你的××钢琴奏鸣曲很好听，请问它表达了什么意思？贝多芬一言不发，只在钢琴上弹了一遍，就是这个意思，自己理解去吧。音乐只可意会，不可言传。音乐不需要文字的巴结。汉斯立克说“音乐的内容就是乐音运动的形式”，斯特拉文斯基也认为“音乐除了表现它自己之外什么也不表现”，这些说法跟我国魏晋时期嵇康的“声无哀乐论”如出一辙。如果都这样理解，那么作曲家穷其毕生心血写的交响乐不就成了音响游戏？十二个音符的排列组合？管弦乐配器法大演练？可既然这样，还要音乐学家做什么？音乐没有内容？那贝多芬何出此言：“谁能参透我音乐的意义，便能超脱寻常人无以振拔的苦难。”

可见，音乐还是有内容的，音乐学家是要解读音乐的，但解读音乐确实是件费力不讨好的事。因为音乐的内容没有标准答案，所谓“一千个读者就有一千个哈姆莱特”。艾伦·科普兰说：“音乐有含义吗？有的。你能用言语把这种含义说清楚吗？不能。”这就陷入了两难的境地，因为音乐的含义实在太不具体了，太难解说了。

音乐的非具象性和非语义性决定了音乐欣赏中的想象是自由的，

无穷的，不确定的。音乐不像绘画、雕塑那样直接形象地把客体对象展现在空间中，也不像语言、文学那样具体详细地描述客观对象。音乐是将人对客观事物的情感反映和心理体验以流动的音响的形式诉诸听觉，存在于时间的流程中。音乐稍纵即逝，不可捉摸，无影无形。

音乐长于抒情，拙于论理，难以状物。譬如柴可夫斯基的《如歌的行板》，你无法说清它具体表现什么形象，论述一个什么道理，只能说在优美、忧伤的旋律中感受到了俄罗斯人民的苦难和作者心中难以排遣的抑郁情绪。

德彪西的《亚麻色头发的少女》，你能从这首乐曲中看到“少女”吗？能看到“亚麻色的头发”吗？倘若将标题改成别的什么，也未尝不可。你或许循着另外的标题，想象到别的内容，也许压根儿就联想不到少女。但当你知道德彪西的这首钢琴曲的创作灵感来自于诗人莱柯特·德·黎塞尔的一首同名诗作时，那么，《亚麻色头发的少女》这个标题就可以理解了。

约翰·斯特劳斯的《闲聊波尔卡》，叽叽喳喳的很热闹，也很动听，给人以欢快、诙谐的印象，有点妇女们在喋喋不休地闲聊的意思，至于聊些什么，就语焉不详了。

贝多芬的《月光奏鸣曲》，有人给它编了个贝多芬月夜给盲女孩弹琴的故事，还选进了我国的小学语文课本，可音乐学家说这是胡诌瞎编的，其实跟月光毫无关系。该曲之所以被称为“月光”，是由于德国诗人路德维希·莱尔什塔勃（1799—1860）把该曲第一乐章比作瑞士琉森湖上的月光。贝多芬的《英雄交响曲》是献给拿破仑的，可当他听说拿破仑称帝后，他愤怒地撕碎总谱的扉页，改名为“英雄”。幸好是音乐，假如是传记或长篇小说，恐怕就不光是撕毁题名便可以了事的。

如此说来，音乐的内容模糊得很，抽象得很，宽泛得很，特别是无标题音乐，对一般听众而言，不知所云也就在所难免了。那么，如果听了半天的音乐都好似云里雾里的，岂不是对牛弹琴白费功夫？

其实，当你掌握了音的高低、强弱、长短、音色等基本要素，以及旋律、节奏、和声、复调、调式、曲式、配器等音乐组织形式和技术手段，并懂得一些音乐常用的模仿、象征、暗示、表情、意象等手法后，再加上积累一定的音乐听觉经验，音乐是不难理解的。即便不懂这一切，音乐同样是和蔼可亲的。声音直指心灵，音调的高亢、低沉，刚直、婉转，紧张、松弛，沉重、轻快，纯真、诡秘……与人的情绪、心理状态是相联系的。这就为解读音乐提供了最基本的生活经验感性基础。什么样的音乐是欢快的，什么样的音乐是悲哀的，什么样的音乐是庄严的，什么样的音乐是诙谐的，什么样的音乐是优美的，什么样的音乐是粗野的，这就像判断一个人说话的语气一样，凭感性就能辨别。进而，由音乐的运动状态和音响特征引起人对空间方位、物体形状和心理活动的判断也比较容易把握，如《彩云追月》中音的高低产生空间高度的上下移动；《中亚细亚草原》中音的强弱产生空间距离的远近变化；《野蜂飞舞》中密集的音流给人以快速飞舞的感觉，使人联想到蜜蜂嗡嗡乱飞；《太阳出来了》中上行四度的转调给人以豁然开朗之感；《二泉映月》引子的下行音调，使人产生一种叹息似的无奈、哀伤之感；音乐作品中用长笛表现小鸟，用低音提琴表现大象；大调式表现明朗，小调式表现阴郁……都跟人的生活经验有关。

高尔基在他的长篇小说《母亲》中有一段关于母亲欣赏音乐的描写。母亲虽然不识字，并不知道她听到的是什么乐曲，也说不出音乐里表现的是什么，然而她的内心却被正在演奏的音乐激动起来，联想起自己年轻时经历过的一段往事。作者这样描写道："母亲渐渐喜欢起音乐来。她听着音乐，就会感到一阵阵温暖的浪潮在胸中激荡，注入心房，仿佛心跳得更加均匀，心中的思潮好比撒在水分充足、深耕细作的沃土里的种子，迅速地蓬勃生长，被音乐魅力激起的千言万语，宛如美丽的鲜花，欢畅地朵朵怒放。"这段文字正好给了音乐欣赏一个很好的注脚，那就是音乐可以播撒进每个人的心灵深处，不要先忙着给音乐下"到底